Gunter Woelky
**Die Innenwelt der Außenwelt
der Innenwelt**
Impressionen 1995 bis 2020

Gunter Woelky

Die Innenwelt der Außenwelt

der Innenwelt

Impressionen 1995 bis 2020

© 2020 Dr. Gunter Woelky

1. Auflage 2020

Umschlagbild, Fotografien und Zeichnungen vom Autor

Verlag und Druck: Tredition GmbH

Halenreie 40-44

22359 Hamburg

Bibliografische Information der Deutschen Nationalbibliothek: Die Deutsche Nationalbibliothek verzeichnet diese Publikation in der Deutschen Nationalbibliografie; detaillierte bibliografische Daten sind im Internet über http://dnb.d-nb.de abrufbar.

978-3-347-01694-1 (Paperback)

978-3-347-01695-8 (Hardcover)

978-3-347-01696-5 (e-Book)

Anmerkung: Der Text zitiert im ersten Teil einige Impressionen der „Betrachtungen von Ebbe und Flut", 1995 (vergriffen) des Autors.

I. Die Innenwelt der Außenwelt

Am Abend, bei der Betrachtung eines Tages mit seinen unendlich vielen Sekunden, komme ich nicht umhin, mir vorzuwerfen, wieviel ich unterlassen habe. Was zu leisten wäre ich doch in der Lage gewesen! Und was habe ich stattdessen tatsächlich getan?

Jeden Morgen weiß ich, es ist Zeit zum Aufstehen. Selten weiß ich wirklich, wozu.

Wie sollte jemand, der sich ein viertel Jahrhundert mühe – voll durch sich hindurchgearbeitet hatte, dahinterkommen, auf welche Weise sein Unbehagen in nichts Anderem begründet war als in einem tiefsitzenden Phlegma? So tiefsitzend, dass jegliche von der eigenen Überzeugung abweichende Meinung als Beunruhigung erlebt und damit abgelehnt wurde, weil am Ende, angenommen es kam zu einer Diskussion, nur klar wurde, dass er nichts wirklich überlegt hatte, und dass überhaupt keine wirklich durchdachte Meinung vorhanden war, die über die Akzeptanz der Grundbedürfnisse hinausging. So standen all seine Aktivitäten, seine ganze Arbeitswut, seine Konfliktvermeidungsbemühungen, die Sucht nach Betäubung durch Alkohol und Zigaretten, seine Karriere, die er nicht mittels Begabung machte, sondern trotz dieser, sein Hang zu leichten Erkrankungen, aufgrund derer er mit sich allein bleiben konnte, ohne die Anstrengung der Genesung auf sich nehmen zu müssen, so nun standen all seine Bemühungen einzig auf der Basis des tief verwurzelten Entschlusses, jegliche Anstrengung zu vermeiden. An dieser Stelle, gewissermaßen im Urschlamm seines Seins, lag der Grund für die dauernde Irritation seines Lebens, die ihn immer wieder zu zwingen schien, das Augenmerk auf sich selbst zu richten. Denn weil er auch den Gedanken, was denn wohl die Ursache seiner Verunsicherung sein könnte, aus Gründen des Phlegmas nicht konsequent zu Ende dachte, weil er nie entschlossen genug und mit wirklicher Anstrengung sich selbst anblickte, blieb er ein oberflächlicher Mensch, der letztlich nur spontan reagierte. Selbst wenn er für den erfolgreichen Abschluss bestimmter Aktivitäten planen musste, führte er diese Planung mit dem geringsten denkbaren Aufwand durch. Natürlich entstanden auf diese Weise mancherlei Unzulänglichkeiten. Um diese auszugleichen, entwickelte er eine tiefe Abneigung gegen jede Form des Perfektionismus. Er liebte die Improvisation, was ihm die kleineren Fehler bedeutungslos und die größeren erträglich machte. Lange Zeit war er mit seinem Phlegma recht erfolgreich gewesen. Aber, nach Jahrzehnten der Täuschung, vor allem der Selbsttäuschung, spielte ihm besonders das Berufsleben neue und andere Bedingungen zu, die sein Konzept auf die Probe stellten: Er traf immer häufiger auf Leute mit handfester Kompetenz. Vor allem auf solche, die ihre Kompetenz mit allen Mittel unter Beweis stellten und angemessene Reaktionen erwarteten. Menschen, die auf seine Ungenauigkeit aggressiv reagierten, was zu einer Bedrohung seines Phlegmas wurde. Schon dadurch wurde er extrem angreifbar und überempfindlich, er musste verteidigen, wovon er wenig hatte, nur um dieses Wenige zu erhalten. Gefühle ausgeprägten Ärgers oder gar des Hasses ließ er nicht zu. Solcherart Regungen hätten ihn zum Handeln gezwungen. Weil aber ein Teil seiner Seele das Spiel bemerkte, ihn jedoch nicht wissen ließ, dass es ein falsches Spiel war, ließ ihn ein anderer Teil der Seele sich schuldig fühlen. Das allein verhinderte jegliche Fähigkeit zum Gegenangriff. Jeder, der von ihm etwas haben wollte, konnte Schuldgefühle in ihm wecken, die er gegen nichterbrachte Leistung tauschte. Also befand er sich in fortwährender, aber unwirksamer Verteidigung. Seine Verteidigungsunfähigkeit dehnte sich auf der Grundlage seines Schuldgefühls im Verlauf seines Lebens immer weiter aus. Manchmal führte sie, bei besonders heftigen Angriffen, zur völligen Erstarrung. Das Phlegma wurde über die Unfähigkeit zu jedweder Tätigkeit ein Signum der Wertlosigkeit seines Besitzers. Und weil niemand auf Dauer nur mit Schuld leben kann, schuf er sich aus dem Gefühl der kontinuierlichen Niederlage ein wirksames Gegenmittel: Überheblichkeit. Ein wiederum anderer Teil seines Gemüts war tatsächlich davon überzeugt das Meiste besser zu wissen als andere Menschen.

Was kommt nach dem Kali Yuga, wie die Hinduisten das ausklingende Zeitalter nennen? Sie glauben, mit ihm geht jetzt ein dunkles Zeitalter zu Ende. Ich weiß es nicht, was dann kommt, aber es kann nur besser werden. Oder es wird nichts mehr.

Nichts existiert ohne seinen Gegensatz. Warum war er fleißig, engagiert, interessiert, bescheiden? Was machte er mit dem inneren Raum, der durch seine Leidenschaftslosigkeit entstanden war? Wie füllte er das Vakuum, ohne sein Phlegma zu verlassen? Womit beschäftigte er sich?

Die Vorstellung, dass alle jemals gemachten Erfahrungen im Unbewussten gespeichert sein sollen, versetzt ihm von Zeit zu Zeit einen größeren Schrecken als die Erkenntnis, etwas Wichtiges vergessen zu haben.

Woran mag es liegen, dass ein gestern noch mit voller Überzeugung geschriebener Satz am nächsten Tag mit einem einzigen Tastendruck nahezu gleichgültig aus dem Manuskript entfernt wird? Irgendwie scheinen wir nachts Belehrungen zu empfangen und stehen klüger auf als vor dem Schlafengehen. Ein tröstlicher Gedanke.

Jemand meinte, man müsse zu diesem oder jenem Thema den Gedankenprozess in Bewegung setzen, um eine Lösung zu finden. Wie denkt man? Ist es nicht ein Vergleichen von Möglichkeiten, die bestimmte Vorstellungen von Ergebnissen simulieren? Wie kommen diese Möglichkeiten zustande? Welcher Gestalt sind diese Möglichkeiten? Haben sie eine Form? Was ist hinter der Sprache? Etwas, was wir nicht kennen. Oder haben wir nur nicht genau genug hingesehen, um zu erkennen, dass es Bilder sind? Nein, dann wäre kein Geruch oder Geschmack zu erinnern ohne das Bild seines Ursprungs.

Ein Lob richtig genießen zu können, sich zu freuen, heißt, dafür empfänglich zu sein. Er sucht in sich die Instanz, die für diese Empfänglichkeit verantwortlich wäre. Stattdessen findet er den Teil, der für die Empfänglichkeit von Kritik zuständig ist. Dieser Teil ist über die Jahre gewachsen, leise und unbemerkt. Jetzt füllt er allen Raum.

Er hat gelernt, seine Träume zu erinnern. Es begann mit der Entscheidung, sie aufzuschreiben. Neben seinem Bett liegen Papier und Kugelschreiber bereit. Wenn er will, wacht er nach jedem Traum auf, weil er es sich vor dem Einschlafen vorgenommen hat. Nach dem Aufwachen rührt er sich nicht. Wie erstarrt liegt er im Bett und lässt den Traum rückwärtslaufen, zunächst ohne die Absicht, ihn zu verstehen. Er weiß, die Sprache der Seele, die sich der Bilder, der Töne, des Fühlens bedient, ist nicht auf Anhieb plausibel.

Er hat sich ein eigenes Traumwörterbuch zugelegt. Viele Träume versteht er Wochen später, manche enträtselt er erst nach Jahren. Oder nie. Er träumt oft von Ereignissen, die später eintreffen werden. Und von solchen, von denen er hofft, sie würden nie geschehen.

Er weiß die Behutsamkeit seiner Träume ebenso zu schätzen wie deren Heftigkeit. Beim Träumen ist es, als würde die Seele in Szenarien leben und ausprobieren, was sich der bewusste Verstand tagsüber nicht gestattet. Die Träume muten ihm nur das zu, was er aushalten kann.

Nicht selten träumte er von schrecklichen Dingen, die gut verpackt genießbar aufbereitet wurden. Seitdem er seinen Träumen Aufmerksamkeit schenkt, sind die Alpträume weniger geworden. Träume verhalten sich wie Menschen, denkt er. Bei Missachtung werden sie rebellisch. Oder sie bleiben weg.

Jahrelang bemühte er sich, den Klang seiner inneren Stimme zu beschreiben. Was er herausfand: Es ist nicht der Klang seiner eigenen Stimme, noch hat seine Stimme den Klang irgendeines Menschen, den er kennt. Schließlich entschied er sich, dieser Stimme keine ihm bekannte Herkunft zuzuordnen. So blieb sie fremd und verschaffte sich Gehör. Dem Vertrauten schenken wir selten Beachtung. Zu Unrecht langweilt es uns.

Noch nach Jahrzehnten kann ich mich an den Klang der Kirchenglocken erinnern, die mich in der Kindheit sonntags am frühen Morgen aus den bebilderten Träumen in die Wirklichkeit zurückholten, und es ist ausschließlich der erinnerte Ton, der mich wie mit eigener Stimme ermahnt, das gesprochene oder geschriebene Wort nicht als etwas zu nehmen, was allein als Ausdruck des Denkens bezeichnet werden darf.

Er dachte, er würde immer einen entspannten Gesichtsausdruck haben, bestenfalls einen fröhlichen. Und wunderte sich plötzlich darüber, dass mit dem Älterwerden sich von den Mundwinkeln aus abwärts feine Linien abzuzeichnen begannen.

Auf ihrem fünfundfünfzigsten Geburtstag überraschte ihn eine Freundin mit dem Vorsatz, nicht mehr zu lügen. Daraufhin fragte er sich, wie oft er von ihr getäuscht worden sei. Die Möglichkeit, dass es überhaupt so sein könne, war ihm bis dahin nie in den Sinn gekommen. Dann überprüfte er das Ausmaß seiner eigenen Unaufrichtigkeiten und verließ mit vollen Händen eigener Lügen das Haus.

Manchmal, wenn ich eine jahrzehntealte Idee endlich in die Tat umsetze, lege ich die Musik auf, die mir damals, als ich die Idee hatte, am liebsten war. Mein Sturz in die Vergangenheit vollzieht sich im Handumdrehen, die Musik scheint die verstrichene Zeit völlig zu absorbieren und ich fühle die Aufbruchsstimmung eines jüngeren Mannes.

Gemessen an den ungenutzten Möglichkeiten, eine Reihe von wirklich üblen Aktivitäten auf die Beine zu stellen, könnte er sein Leben als eine Kette von beachtlichen Erfolgen und guten Taten betrachten.

Sieht er die Notwendigkeit, ein paar vielleicht gute Ideen endlich zu realisieren, schleppt er sich, enttäuscht die eigene Gleichgültigkeit sehend, hin zu seinen Büchern.

Japanische Wände: Man kann durch sie hindurchhören, aber nicht hindurchsehen. Lächerlich, als ob man das Ohr leichter betrügen könnte als das Auge.

Früher hatte er einmal geglaubt, die Folgerichtigkeit der Welt sei so zwingend, dass ein einmal begonnener Text nur ein einziges Ende haben könne.

Gelegentlich weigert er sich, aus seinen Erfahrungen zu lernen und sie ins Leben zu integrieren. Er weiß nicht warum. Leider gilt das auch für die guten Erfahrungen.

Er hat es lieber, wenn seine Frau Besuch bekommt – nicht er. Dann kann er einfach nur dabeisitzen und hat keine Verantwortung.

Gedanken, die er nicht freiwillig denkt: Sie kommen ihm, ohne dass er sie abstellen kann. Hin und wider, beispielsweise beim Spazierengehen, treten zwei Stimmen gegeneinander an: seine und die eines anderen. Diese Debatten verliert er immer.

Er hat viele Ideen, was er machen könnte. Vermutlich interessiert ihn nichts wirklich.

Ein Maler hat es gut. Bei bestimmten Bildern kann er sich von seinen Gefühlen leiten lassen. Ein etwas ungenauer, kleiner Pinselstrich macht das Bild lebendig. Dag gen ein ungenaues Wort: Es entstellt das Gesicht zu einer Fratze.

Manche Philosophen sagen, es gäbe keine schlechten Erfahrungen, denn aus allem könne man lernen, und an allem habe man zu lernen. Mein Verstand kann das akzeptieren, nicht so mein Herz.

Heute stehe ich mal wieder neben mir, sagt er zu mir. Gut, denke ich, dann sind wir ja zu viert. Irgendwie ist man nie allein. Man hat immerhin seine Ansichten dabei, die man wieder und wieder umschichten kann.

Ein heimlicher Wunsch: den Massenmedien ein Interview zu geben und so gut vorbereitet zu sein, dass ihn alle bewundern. Seine Angst: dieses Interview könnte jemals stattfinden.

Mein Misstrauen ist das der Welt. Eine Unverschämtheit, meine Freunde zu einem Abendessen einzuladen und mich nicht. Sofort fühle ich mich zurückgesetzt. Wie kann es angehen, mich nicht dabeihaben zu wollen. Falls überhaupt jemand nein sagt, bin ich es – gefälligst.

Brillant vorgetragene Einwände haben den Nachteil, einfach formulierte Wahrheiten wortreich zu erdrosseln. Mit einer ausgefeilten Rhetorik lässt sich gut siegen, aber auf Dauer nichts gewinnen.

Mit der Angst im Nacken gelingen ihm die besten Sätze.

Er konnte hassen wie keiner. Schon wenn er Namen nannte, verriet er seinen Hass. Ganze Personenbeschreibungen waren dem zu entnehmen, wie er Namen betonte. Wenn er jemanden hasste, senkte er die Stimme wie einst die Cäsaren den Daumen. Ich kann nicht mit jemandem befreundet sein, der so hassen kann. Nicht einmal zusammenarbeiten.

An sonnigen Tagen fürchte ich mich schon nachmittags vor den langen Schatten, die die untergehende Sonne werfen wird. Immer wieder suche ich die Farben in ihnen, auf die uns manche Impressionisten aufmerksam gemacht haben. Auf Fotos sehe ich diese farbigen Schatten - direkt in der Natur nie. Elektronisch und drucktechnisch erzeugte Bilder haben die Wahrnehmung verändert und der Natur entrückt.

Bei Nebel ist kein Platz mehr zwischen mir und der Luft. Dann ist mein Inneres außen.

Die Vermutung, ein anderer könnte sich seinetwegen verändern, nicht nur im Ganzen, sondern vielleicht kaum wahrnehmbar in winzigen Einzelheiten, erschreckte ihn dermaßen, dass er sich kurzzeitig überlegte, mit niemandem mehr zu sprechen. Probeweise verbrachte er einen Tag schweigend und fragte sich dann, wer ihm diese Einsamkeit aufgezwungen habe.

Dem erreichten Ziel folgt gedankliche Ruhe. Ziele scheinen Nahrung für das Gehirn zu sein. Was, wenn nichts mehr uns bedrängte, wenn alles erreicht wäre? Wirklich alles. Welcher Gedanke wäre dann noch notwendig? Keiner. Was bleibt dann?

In der Behauptung, das Auto habe unsere Großstädte ruiniert, steckt die Idee, sie seien einmal schön gewesen. Ich bin hoffnungslos rückständig, weil ich nicht einmal daran glaube. In meinem Bild vom zufriedenen Menschen ist dieser immer in eine Landschaft eingebettet, in deren Mitte sich ein Teich mit Wasservögeln befindet, und an dessen Ufer Kinder spielen. Für mich wirft jede Großstadt die Schatten von Babylon.

World Trade Center, New York, Aussichts plattform. Er ist beeindruckt von der schwindelerregenden Höhe. Zurück im Hotel liest er in einer englischsprachigen Bibel, wie man sie in fast jedem amerikanischen Hotelzimmer findet, im Ersten Buch Mose, Kapitel 11, Vers 6. Die Faszination einer atemberaubenden Architektur weicht einem Seufzer.

Die Erfindung von Zeichen, mit deren Hilfe Aussagen konserviert und reproduziert werden können, gilt unter bestimmten Wissenschaftlern als größter Fortschritt der Menschheit. Wenn er sieht, was aus diesem Fortschritt geworden ist, vermisst er manchmal die Trommeln in der Nacht.

Auf einem Flug nach New York sieht er eine Bohrinsel, die vielleicht einmal das Öl für den Treibstoff seiner Maschine gefördert hat. Unten müssen zehn Grad unter null sein, denkt er, und stellt sich die Männer vor, die mit klammen Fingern und schmerzendem Rücken dort arbeiten, damit er in zehntausend Metern geheizter Höhe bequem sein Mittagessen einnehmen kann. Von hier oben scheint die Bohrinsel Größe und Aussehen eines Mikrochips zu haben. Er weiß, das Bohrgestänge stößt viele hundert Meter in den Erdmantel vor, durchdringt verschiedene Gesteinsformationen und holt auf der Suche nach Öl Dokumente der Erdgeschichte empor. Ein Blick in die Tiefe, denkt er. Wie Fossilien der Seele ausgraben, denkt er. Meeresrauschen dringt nicht nach oben, stattdessen das leise Singen der Triebwerke, das mit dem Bild des Meeres nicht zusammenpasst. Wie riecht hier oben das Meer? Wie es wohl wäre, würde er nicht das Flug-geräusch hören, sondern das Meeresrauschen? Hätte er noch den Eindruck zu fliegen? Ein Ergebnis der Technologie: Man hört nicht mehr, welche Geräusche das macht, was man sieht, man riecht nicht mehr, was man betrachten kann, und längst schon kann man es nicht mehr berühren. Im Konkurrenzkampf der Sinne scheint das Auge gewonnen zu haben. Irgendwo, im hinteren Teil des Flugzeugs weint ein Kind. Sofort fühlt er sich schuldig und hält Ausschau nach der Stewardess.

In Amerika angekommen, wagt er sich in einen Flugsimulator und ist tatsächlich beeindruckt. „Virtual reality", wird ihm erklärt. Als er aussteigt schlägt das verängstigte Herz noch kräftig gegen die Brust. Wenigstens die Angst ist unteilbar.

Mit seinem dreiundachtzigjährigen Vater, dessen Erinnerungsvermögen dem Informations-ansturm der neuen Zeit weitgehend erlegen ist, spricht er jetzt immer wie zu einem kleinen Kind. Wenn er will, dass er sich etwas merkt, berührt er seinen Vater an Arm oder Schulter und verwendet im Augenblick der Berührung sehr kurze, einfache Sätze. Dabei schaut er ihm in die Augen. Auf diese Weise ist eine ganz andere Art der Vertrautheit entstanden als früher, wenn beide mit Worten gegeneinander antraten. Berührungsmenschen und Wortkarge verstehen sich noch.

Es gibt Verhaltensweisen, die ändern sich nie. Trotz intensiver Bemühungen. Sie kleben an einem, und keine noch so heftige Bewegung schüttelt sie ab. Wie ist es möglich, dass etwas, das mir nicht gefällt, mein Leben mitbestimmt?

Meine Unfähigkeit zu streiten stellt sich zusehends als Einschränkung heraus. Schon vor der Schlacht habe ich verloren. Ich kann mir das leisten, die meisten Auseinandersetzungen sind das Gefecht nicht wert. Mein Gewinn liegt in der Tatsache, mich nicht entschuldigen zu müssen.

Zu den Menschen, die mich am meisten beeindrucken, gehört unser Briefträger. Nicht jeden Morgen begegne ich ihm, und wenn ich ihn treffe, ist er mehr als gut gelaunt. Er strahlt mich an! Zunächst dachte ich, es müsse an mir liegen, er wolle mich aufmuntern oder aber teilnehmen an meiner Fröhlichkeit, die es schließlich auch gibt. Einmal beobachtete ich ihn heimlich, wie er die Nachbarn begrüßte. Auch ihnen lachte er mit einem fröhlichen Guten Morgen mitten ins Gesicht. Ich folgte ihm die ganze Straße hinunter – immer die gleichen Gesten, die gleiche Mimik. Misstrauisch nahm ich mir vor, ihn aus seiner Rolle zu werfen. Er kam mit seinem überpackten Fahrrad den Weg entlang und schütze mit einer Hand seine Augen vor dem strömenden Regen. Also machte ich ihn besonders heftig und hartnäckig auf das schwere Fahrrad, die nasse Kleidung und noch viel hartnäckiger auf das schlechte Wetter aufmerksam.

„Gestern", sagte er, und lachte mich an, „sei es schön gewesen." „Morgen", sagte ich, „soll es noch viel schlimmer werden mit dem Wetter." Am Wochenende müsse er keine Post austragen, sagte er, wieder lachend.

Heute sei erst Donnerstag, und für morgen gäbe es nicht nur eine schlechte Wettervorhersage, sondern erfahrungsgemäß viel mehr Post als heute und folglich mehr zu tragen. Für mich sei heute leider nichts dabei, sagte er. Ich hatte fast den Eindruck, er wolle sich dafür entschuldigen, so strahlte er mich an. Dabei stellte er sein Rad unter dem Ahorn ab, schaute nach oben, blickte den wenigen Tröpfen nach, die das dichte Blattwerk durchließ, und meinte, bei Regen würde die Luft immer so schön duften und ob ich dies nicht bemerkt habe. Ich konnte ihn nicht aus seiner Rolle werfen, denn er spielt keine. Er muss einer der erleuchteten Meister sein, von denen die Sufisten, die Brahmanen oder die Zen-Mönche berichten. Würde ich ihm die Frage stellen, wie er in dieser Welt den Kopf so aufrecht tragen kann, vermutlich verstünde er sie nicht einmal. Er hat in sich keine Instanz, die an Äußerlichkeiten leidet. Immer wieder denke ich über meinen Briefträger nach, weit entfernt davon, ihn zu fragen, wie er es macht, dass es ihm so gut geht. Was würde mit mir passieren, wenn sich herausstellte, dass dieser Mann allabendlich in sein Kissen weint, aus Gründen, die zu ahnen einer wie ich nicht in der Lage ist?

Ich atme die Gedanken anderer. Beim Ausatmen kann ich dann nicht mehr unterscheiden, welche Gedanken meine eigenen sind.

Gelegentlich, wenn er sich sprechen hört, ist er peinlich berührt von dem, was er sagt. Andere merken das nicht, denn sie denken, er meint es so, wie er es sagt. Tatsächlich hat das, was er in solchen Momenten sagt, mit dem, was er denkt, nicht das Geringste zu tun. Es ist ihm unmöglich auszudrücken, um was es geht. Dort, wo er ist an solchen Tagen, dort ist keine Sprache.

Seine Art zu sprechen erinnert ihn an Collagen aus Zeitungspapier. Beim Schreiben freut er sich, den Mund halten zu können.

Fast jeder kippt sein Innerstes vor die Füße derer, die das gar nicht hören wollten, die stattdessen viel lieber ihren eigenen Mist losgeworden wären.

Manchen bereitet es Vergnügen, sich selbst zu beschimpfen. Geholfen hat es noch nie. Nichts ist dadurch besser geworden. Selbstbeschimpfung giert nach Anerkennung.

Wenn ihn jemand zu sehr bedrängt, fühlt er sich wieder so hilflos wie schon damals als Kind. Er weiß noch genau, was er als Kind in solchen Situationen dachte: Wenn du erwachsen bist, wirst du es ihnen zeigen. Dieses Versprechen konnte er nie einlösen.

Nicht alles, was ich sage oder schreibe, verstehe ich auch. Oft verstehen es andere. Das merke ich an ihren Fragen. Oder daran, wie sie schweigen.

Es gibt Tage, da ist er so hilflos, seine Vorstellungen zu artikulieren, dass er vor Dankbarkeit weinen könnte, wenn ihn trotzdem jemand versteht.

Als Kind saß ich oft stundenlang auf der Fensterbank und sah in den Hof, der mit jungen Bäumen bepflanzt und durch viel Rasen inmitten der Großstadt eine Ausnahme der Nachkriegs-architektur darstellte. Bei Sonnenaufgang hatte ich oft schon meinen Platz eingenommen. Im Winter, als es in Norddeutschland noch regelmäßig kalt war, verfolgte ich die Spuren der Singvögel im Schnee. Kürzlich, bei einem Aufenthalt in einem New Yorker Hotel, saß ich wieder auf einer Fensterbank und blickte aus dem 27. Stockwerk nach unten auf den Broadway, mit den Augen den Yellow Cabs folgend. Sind es wirklich dieselben Augen, die so Unterschiedliches sehen? Das es sich nicht um zwei verschiedene Leben handeln konnte, merkte ich, als ich mich setze und mein Körper noch sehr genau wusste, wie man es sich auf einer schmalen Fensterbank bequem macht. Ich selbst hätte es längst vergessen.

Als Kind konnte ich, halbwach vor mich hindämmernd, was ich hörte oder sah so verändern, dass das Laute leise wurde, das Nahe in der Ferne entschwand und Gegenstände ihre Farben und Formen veränderten. Diese Fähigkeit ist mir abhandengekommen. Die Erinnerung daran macht mich zweifeln, dass wir wissen, worüber wir reden, wenn wir auch nur Baum oder Violett sagen.

Er hörte, die großen Katastrophen wie Vulkanausbrüche, Erdbeben, Kriege und dergleichen – und dergleichen – seien von der Unterhaltungsindustrie und dem Fernsehen kommerzialisiert, zum Teil sogar inszeniert worden. Sie würden niemanden mehr wirklich betroffen machen. Seitdem erzählt er in seinem Bekanntenkreis, er würde während der Abendnachrichten kein Essen mehr zu sich nehmen. Irgendein außerordentlich freundlicher Mensch meinte darauf, er könne das verstehen.

Schlagwörter machen die Runde. Ihm, der im Gestern und im Morgen lebt, ist noch nie eins eingefallen. Er ist Zuschauer, im Parkett um ihn herum wird immer nur „Vorhang auf!" gebrüllt, selbst wenn das Stück längst begonnen hat. Um mitzubrüllen, müsste er trinken.

Als ich das erste Mal ein Foto von Rainer Maria Rilke sah, dachte ich, jemand, der so aggressiv angreifend in die Kamera schaut, könne unmöglich schöne Gedichte schreiben.

Kürzlich sah er einen sozialkritischen Film aus den 70ern, den er seinerzeit für großes Kino hielt, nicht zu Ende. Stattdessen betrat er den Balkon und sah lange auf den zunehmenden Mond.

An manchen Tagen ist sein Neid auf den Trinker, der vom Sozialamt lebt, so groß, dass er über alle

Möglichkeiten der Leistungsverweigerung nachdenke. Wenn er wieder bei Sinnen ist, schämt er sich.

Im schlimmsten Augenblick seines Lebens, als das Unglück mit einer Brutalität zuschlug, die den Zusammenhang der Gedanken völlig zerriss, dachte er: jetzt keinen Alkohol. Nicht weil er den fürchterlichen Zustand aushalten wollte, vermied er den Rausch, sondern weil die Betäubung das Unglück verlängert hätte. Es gibt einen Schmerz, der wiederkehrt, wenn man sich ihm nicht stellt.

Einmal wurde er zum Gala-Abend eines Manager-Clubs eingeladen. Man saß beim Essen zusammen, später in der Bar. Seine Wortbeiträge waren mehr als karg. Er versuchte, sich mit freundlichem Lächeln über die Runden zu bringen. Der Abend wurde immer länger. Als das Lächeln drohte, zum blöden Grinsen zu werden, die Wangen zu schmerzen begannen, versuchte er es mit einem Gespräch. Nach jedem Satz hatte er den Eindruck, ein neues Thema habe begonnen, so lang waren die Pausen. Für seine Gesprächspartner muss so es gewesen sein, als würden sie sich mit einem unterhalten, der seine Muttersprache nicht beherrscht und im Geiste vorformulieren muss. Oder wie mit einem Gestörten. Um Mitternacht verließ er heimlich und grußlos die Bar. Vermisst hat ihn wohl niemand. Jemanden mit so wenig Interesse vermisst man nicht. Nach solchen Abenden wünscht er, für Wochen oder Monate ins Koma fallen zu können. Einfach nur sein, ohne dass er etwas merkt, ohne bemerkt zu werden. Nichts sagen zu müssen, absolut nichts, so lange er will.

Es ist ihm unangenehm, wenn Leute ihn bewundern. Wenn er das sagt, hält man ihn für eitel, sogar überheblich. Aus diesem Dilemma ist kein Entkommen.

Erschöpft nach Hause kommend, entdecke ich abends, dass meine Frau schon für das Frühstück eingedeckt hat. Leer stehen sich zwei Tassen, zwei Teller und allerlei Kleinigkeiten gegenüber. Ein tiefes, stilles Gefühl der Geborgenheit wirft sich wie ein Seidentuch über das Geschirr und raschelt mir eine Melodie entgegen. Als ich mich neben meine schlafende Frau lege, denke ich wenig oder nichts. Ausschließlich Dankbarkeit empfinde ich, seidenweichpurpurfarbenraschelnde Dankbarkeit.

Die Hierarchie in großen Konzernen bietet einen überwältigenden Anblick von Opfergängern. Der Vorstandsvorsitzende wird von seinen Vorständen ertragen, die Vorstände werden von ihren Stellvertretern ertragen, die von ihren Direktoren und diese von den Bereichsleitern. Darunter beginnt meistens die Kaste der noch mehr leidtragenden Menschen. Sie tragen und ertragen alles. Er erinnert sich unwillig an seine letzten Sitzungen im Führungskreis, als er noch Vorstand war, kurz bevor erging. Er konnte es nicht ertragen, von anderen ertragen werden zu müssen. Woran er gern zurückdenkt: an das Ende seiner Rolle als Chef. Am liebsten sprach er zum Schluss mit dem Hausmeister. Dessen Position war unzweifelhaft perspektivlos. Sie konnten sich vertrauen, weil beide nichts voneinander wollten. Damals dachte er: Hausmeister, was für ein schöner Beruf.

Manchmal übt er, ein Hellseher zu sein. Wenn seine Prophezeiungen eintreten, glaubt er nicht mehr, sie vorausgesehen zu haben. Wir sehen uns selten an, wenn wir miteinander sprechen. Wie könnten wir auch. Ich lebe auf dem Mond, er auf dem Saturn. Wenn die Gespräche besonders schlimm sind, phantasiere ich sogar unter-schiedliche Sonnensysteme. Oder Galaxien.

Ich kenne jemanden, der ist so von der eigenen Meinung überzeugt – ich muss ihm einen unnatürlichen Tod voraussagen. Er wird an Einsamkeit sterben. Oder an Starrsinn. An meinen schwächsten Tagen wünsche ich ihm das. Noch mit dem Tod wird er debattieren. Er wird ihn überzeugen wollen, ein anderer sei gemeint.

Manche Gebete verschmutzen das Universum.

Samstagnacht spielte er häufig Karten. Das half ihm zu erkennen, ob er beim Ertragen von Niederlagen ein Stück weitergekommen war. Im Lauf der Zeit spielte er besser und gewann häufiger. Der Unterschied zwischen Sieg und Niederlage versickerte in seiner Ehrgeizlosigkeit.

Er hat Vorbilder, deren Größe zur Resignation verführt. In dieser Hinsicht ist ihm der Mann aus Nazareth eine Last. Den haben viele unterschätzt. Auch die Theologen, die er persönlich gut kennt.

In seiner Zeit als Firmenchef rettete er sich vor der Unbarmherzigkeit des Professionalismus durch ein ausgeklügeltes System dilettantischer Entscheidungen.

Er hat Vorbilder, deren Größe zur Resignation verführt. In dieser Hinsicht ist ihm der Mann aus Nazareth eine Last. Den haben viele unterschätzt. Auch die Theologen, die er persönlich gut kennt.

Mein Christsein hat Löcher. Die Messlatte liegt zu hoch. Ich laufe ständig unterdurch. Gott weiß es, warum.

Er wünschte sich, ein einziges Mal in einer Kirche zu predigen. Er würde alles wissen, alles erklären können. Mindestens. Endgültig würde er die großen Fragen der Menschheit beantworten. Er wäre gar nicht er. Mächtig würde es aus ihm heraussprechen, wie aus Paulus' Mund. Sogar wie Paulus selbst wäre er. Mindestens. Mit tiefer Stimme und langsamen Worten würde er jedem aus dem Herzen sprechen. Ein Meer von Tränen der Ergriffenheit würde den Steinfußboden des Kirchenschiffes benetzen und die Ausschüttung des Geistes sichtbar machen. Es wäre so viel Geist im Raume, man könnte ihn draußen spüren. Wie über das

Urchristentum erzählt wird, käme der Geist zu den Menschen – durch seine Predigt. Nur durch ihn und seine Predigt. Mindestens. Die Wahrheit wäre: Alles Beten hat nicht geholfen. Meine Stimme ist zu leise.

Ich höre eine Stimme, die ruft, mich nicht unter Wert zu verkaufen. Eine andere Stimme flüstert mir meinen Wert zu. Lauter, rufe ich ihr zu, lauter.

Mein einzig wirklicher Feind bin ich selbst. Niemand setzt mir härter zu. Alle anderen Feinde sind Einbildungen.

Ich springe herum in meinen verschiedenen Wirklichkeiten. Manchmal erfinde ich Situationen, in denen ich nie war, vielleicht nie sein werde. Dann fällt mir auf, die gedachte Wirklichkeit ist von der wirklichen Wirklichkeit recht wenig verschieden. Wenn es klingelt an der Tür, hat der Spaß ein Ende. Dann muss ich dem Postboten das Nachporto zahlen.

Im Kino begegnen mir Menschen auf der Leinwand, die, wenn ich sie in ihrer Rolle sehe, im gleichen Moment irgendwo auf der Welt etwas ganz Anderes tun. Gelegentlich kommt mir das verrückt vor. Ich möchte sofort anrufen, um zu wissen, was sie gerade tun und ob sie tatsächlich noch leben.

Ich denke plötzlich, es sei meine Pflicht, nach langer Zeit wieder einen alten Freund anzurufen, der mit einer völlig unsinnigen, enttäuschenden, verletzenden und mehrfach wiederholten Unterstellung das Tischtuch besudelt hatte. Als er nicht abhebt, bin ich erleichtert. Eine Reihe von Ausreden, warum ich so lange stumm war, bleiben mir erspart.

Vernissagen besucht er nicht mehr. Er kann es nicht ertragen, dass die geladenen Gäste erst die Gesichter der anderen Gäste begucken, dann auf die Laudatio warten, der sie nicht lauschen, danach die Titel der Bilder lesen, um dann einen kurzen Blick auf sie zu werfen. Die Enttäuschung der Gäste, niemanden freihändig mit dem Einrad über eine Wippe fahren zu sehen, steht ihnen ins Gesicht geschrieben.

Die Angst exakt zu beschreiben wie sie ist, die eindeutigen Worte zu finden, sie auszusprechen, vieles wäre erträglicher. Stattdessen die sinnlose Anstrengung wegzusehen, was unmöglich ist.

Ich entreiße meinen Tagträumen deren zu Grunde liegenden Erinnerungen, indem ich sie beim Namen nenne. Es entsteht ein Inhaltsverzeichnis für ein Bilderbuch – dick, bunt und angebotsorientiert wie der Katalog eines Versandhauses. Ich weiß, welche Bestellung sinnvoll ist. Ich bin der Lagerist, der alles hat und dem dennoch nichts gehört. Die Lust des Lageristen: zu wissen, wo etwas liegt.

Mein Gedächtnis ist älter als ich. Das weiß ich inzwischen so genau, dass es nicht mehr darüber nachdenkt. Mein Gedächtnis hat zu mir ein Verhältnis wie ein Vater zu seinem Sohn. Aufgrund älterer Rechte ist es eine ernstzunehmende Autorität. Wenn es notwendig wird, ist es sogar autoritär.

Kürzlich ging er mit einem befreundeten Maler aus. Völlig betrunken schwankten sie in dessen Wohnung umher und lallten sich Plattitüden aus der gemeinsamen Studienzeit um die rauschenden Ohren. Seit Jahren, so wusste er, hatte der Maler mit keiner Frau geschlafen – und auch nichts gemalt. Er sah sich in dessen Wohnung um, die ausschließlich Bezeichnungen wie chaotisch und verdreckt verdiente. Das einzige, was zähle, meinte der Maler, sei Erotik und Ästhetik.

Dass ich mein Gedächtnis sein soll, ist zweifelhaft. Ich kann mich an Augenblicke erinnern, in denen ich ohne Gedächtnis war. Zu dieser Art von Erinnerung gehört es zu wissen, dass sie war, nicht aber, wie sie war.

Es gibt immer einen Teil, der hinschaut, sonst wüssten wir nicht. Nicht dieser Teil ist es, der Angst erzeugt, der blinde ist es, der zu ignorieren sucht. Wegsehen, Brennstoff der Angst.

Sich nicht mehr verteidigen zu wollen, auch nicht bei härtesten Angriffen, hieße frei sein. Ein Lexikon vorformulierter Ausreden und Entschuldigungen müsste heutzutage ein Verkaufserfolg werden.

Manchmal fällt ihm noch nach Jahren eine Formulierung ein, mit der er jemanden verletzt hat – für die er sich heute schämt. Solche Erinnerungen gelingen ihm viel besser als die an Zeiten gemeinsamer Freude. In dieser Hinsicht ist sein Gedächtnis außerordentlich unfair. Für Vergebung ist es nicht zuständig. Schon gar nicht für die Vergebung ihm gegenüber.

Gespräche über alte Zeiten sind ihm suspekt. Bei solchen Gesprächen vermutet er, das Heute gäbe nicht genug her. Bei dem Versuch, eine Brücke zur Gegenwart zu schlagen, fallen die meisten seiner Gesprächspartner ins Wasser.

Er hat einen älteren Bruder, den er nur ein- oder zweimal im Jahr zu Gesicht bekommt. Abgesehen von Äußerlichkeiten unterscheidet sich sein Bruder von ihm vor allem durch ständiges Sprechen. Sein Bruder kennt keine Pausen. Schon gar nicht beim Reden. Sein Bruder kann fast alles erklären. Sein Bruder erinnert sich oft. Ganz genau. Jemand wie er kann nur einen älteren Bruder haben.

An Sonntagvormittagen, wenn er allein ist in der Küche und Brötchen aufbackt, spielt ihm sein Gedächtnis Bilder und Töne aus der Kindheit herein. Die kommen an, als würde er in einem Theater sitzen, dessen Bühne hinter einer dicken Milchglasscheibe verborgen ist, die ihn schützt.

Manchmal fällt ihm noch nach Jahren eine Formulierung ein, mit der er jemanden verletzt hat – für die er sich heute schämt. Solche Erinnerungen gelingen ihm viel besser als die an Zeiten gemeinsamer Freude. In dieser Hinsicht ist sein Gedächtnis außerordentlich unfair. Für Vergebung ist es nicht zuständig. Schon gar nicht für die Vergebung ihm gegenüber.

Womit er nicht umgehen kann: wenn jemand ihm in Reminiszenz auf alte Zeiten Wohlverhalten abtrotzen will. Er denkt dann, er habe sich ein Schuldenkonto zugelegt, von dem er nie mehr herunterkommt.

Ein Unterschied zwischen meinem Gedächtnis und mir besteht in meinem Zweifel, mich auf mein Gedächtnis verlassen zu können. Es zweifelt nie. Es glaubt an sich. Es hat ein enormes Selbstvertrauen. Darin unterscheiden wir uns.

Es soll Erlebnisse geben, die durch ihre Intensität das Gedächtnis imprägnieren. Für immer. Kein neuer Eindruck ist stark genug, diese eine Erfahrung zu überwachsen. Man wagt nicht einmal, sie auszusprechen. Es ist, als würde durch das Aussprechen nichts mehr von einem übrigbleiben, als würde man entseelt. Für immer.

In den seltenen Momenten der großen Ruhe, als wäre absolute Windstille, als würde das Mondlicht nur so hell scheinen, um sanft die Ränder auch der kleinsten Blätter zu berühren, als würde es dieses Bild nur geben, um den Teil in ihm zu berühren, der schnell in Vergessenheit gerät im gleißenden Sonnenlicht, in diesen Momenten weiß er, dass eine einzige heftige Bewegung, ein Lidschlag zu viel ihm diese Erfahrung nehmen würde, ihn im Nachhinein glauben machte, es hätte sie nie gegeben.

Spontaneität leistet er sich nur in Situationen, in denen er sicher sein kann, sich nicht zu entblößen. Also wenn er allein ist.

Wenn er sich selbst nicht beobachtet, geht es ihm am besten. Wie beobachtet er sich? Er hört sich reden. Oder er fühlt sich fühlen. Minutenlang versucht er sich zu erinnern, wann er zum letzten Mal laut und lange gelacht hat. Erschöpft bricht er die Suche ab.

Nichts sagen, wortlos bleiben. Aber das genau. Gesprächsintensiv ging seine erste Liebe zugrunde. Sie redeten sich aus ihren Seelen heraus.

Manchmal ist er so ratlos, dass kein Gefühl bleibt. Nicht einmal darunter leidet er dann. Nur an seiner Hoffnung, dieser Zustand werde vorübergehen, bemerkt er sein Weitersuchen. Darüber über spricht er mit denen, die ihn lieben. In diesem Zustand macht er immer wieder denselben Fehler: nicht zu erkennen, dass die ihn Liebenden durch ihre Liebe die Antwort erteilen – nicht durch das, was sie ihm sagen.

Ich genieße einen Erfolg, lange bevor es ihn zu feiern gibt. Ich stelle mir vor, wie man mich beglückwünscht. Wenn der Anlass wider Erwarten ausbleibt, habe ich ein schlechtes Gewissen, die Freude vorzeitig verprasst zu haben.

Wie er aussieht, kann er sich nicht vorstellen. Nur wenn er in den Spiegel blickt, weiß er, dass er aussieht. Danach hat er es wieder vollständig vergessen und kann sein Äußeres nicht erinnern. Nur Fotos von sich erinnert er. Schwarzweiß. Und seitenverkehrt.

Viele, die ihn kennen, halten ihn für eine starke Persönlichkeit. Er weiß noch nicht einmal, was das ist. Natürlich glaubt ihm das niemand.

Die ewig Selbstsicheren und Überheblichen, die Immerrechthabenden wissen nichts von Liliput, wo sie das Leben hin gespült hat. Gulliver ist in Brobdingnag ein Zwerg.

Wie merkt er, noch Hoffnung zu haben, wenn er nichts fühlt? Seine Hoffnungen sind Bilder. Er kann sie ansehen wie Filme oder Fotos.

Das merkwürdige: Manchmal sehen besonders die neuen Hoffnungen aus wie alte Bekannte.

Er steht auf Seiten der Schwachen. Es handelt sich um keinen Akt der Solidarität, schon gar nicht der Nächstenliebe. Viel mehr um einen spontanen, identifikatorischen Prozess, der sich vollzieht, ohne dass er darüber nachdenkt. Könnte er sich entscheiden, hätte er die Wahl, zu sein wie die Schwachen oder die Starken, er würde ohne zu zögern die Faust aus der Tasche ziehen.

Sein Mitgefühl ist keine selbst erbrachte Leistung, sondern nur eine Begabung. Es verdient keine Anerkennung.

Was er gelernt hat: sich keine Fragen zu stellen, die er nicht beantworten kann. Woher weiß er, dass er sie nicht beantworten kann? Woher weiß er überhaupt, ob er die richtige Frage gestellt hat?

Er ist erleichtert, kein Philosoph zu sein. Wie quälend muss es sein, etwas ganz genau und unzweideutig ableiten zu müssen. Und während man sitzt und denkt und Ergebnisse formuliert, kommen hundert andere zu gegenteiligen Ergebnissen, die auch sie für richtig halten.

Das Vernünftige links liegenlassen. Die Welt sehen ohne jegliche Erinnerung an die Logik. Den Mut haben, den gesunden Menschenverstand zu ignorieren. Wiederentdecken des Mystischen im eigenen Leben. Abtauchen in die Magie. Lauschen, wie die Pflanzen einander zuflüstern, bei Tag und bei Nacht. Und dann: mit einem Engel reden, als wäre der ein guter Freund. Welche Fragen würde er dem Engel stellen?

Manchmal zwingt er sich dazu, vor den politischen Verhältnissen im Lande die Augen zu schließen. Dass ihm das nicht vollständig gelingt, ärgert ihn. Aber er weiß keinen Ausweg.

Wie alles mit allem zusammenhängt und doch das Einzelne auch im Kleinsten seinen unnachahmlichen Glanz schon durch seine Singularität entwickelt, ist etwas, was ihn immer wieder staunen lässt. In dieser Hinsicht überrascht ihn nicht der Zweifel am alten Weltbild, die Krise der Umwelt, die den Menschen zwingt, Teilung zu überwinden. Was ihn erschauern lässt: Alles, was heute als notwendig akzeptiert wird oder sich langsam den Weg bereitet, Versöhnung zwischen Mensch und Natur durch Überwindung von Grenzen zu erreichen, all diese Erkenntnisse sind ein paar hundert Jahre alt. Besteht der Fortschritt vielleicht nur darin, Fehler zu vermeiden, die zu begehen nichts Anderes als Ignoranz und Wiederholung wäre? Selbst diese Frage kommt ihm nicht besonders aktuell vor. Wie alt ist er eigentlich?

Während einer Meinungsverschiedenheit, aus der plötzlich ein Tribunal wurde, gelang dem Fragenden die denkbar dümmste Bemerkung, die der Bedrängte später erinnerte: Inmitten seiner Suche der Wiederherstellung des Konsenses, während seiner Bemühung um Neubeginn und Aufrichtigkeit, hörte er die Bemerkung, er würde sich wie der gut therapierte Patient eines Psychiaters verhalten, denn er gäbe stets die richtigen Antworten.

Die angemessene Antwort auf den Lärm in der Welt ist noch immer eine Toccata von Joh. S. Bach.

Herr Agor, Lehrer. Eine Schulbuchseite mit Rechenaufgaben; untereinander aufgereiht zu so genannten
Türmen. Wir nannten das auch so: „Heute haben wir
zwei Türme Hausaufgaben auf." Sehr einfach. Haus-
aufgabe bis zum nächsten Tag. Zusammenzählen, ab-
ziehen. Dritte Klasse, Rechenfibel. Blaues Buch, Seite
fünfzehn, vielleicht Seite siebzehn. Wer weiß das noch?
Jedenfalls eine rechte Seite im Buch. Es gibt immer
zwei Türme zu Beginn des zweiten Schuljahres.

Nächster Schultag: Hausaufgabenkontrolle. Klas-
senlehrer Agor. Herr Agor. Ein guter Lehrer, sagen die
Eltern, als Agor die Klasse übernimmt. Weiß Gott,
woher die das wissen. Lehrer werden immer gern beur-
teilt, bevor man weiß, was sie können. Sie sind Hoff-
nungsträger. Besonders für Eltern, selten für die Kinder. Herr Agor ist kein Herr. Agor hat teuflische Ideen.
Er ist ein Tyrann. Und wie sich später herausstellt, ein
nicht nur ehemaliger Nazi. Seine Tyrannei ist so vielfäl-
tig wie das Elend dieser Welt.

Agor fragt gern Hausaufgaben ab.

„Addition, Subtraktion", sagt er. Kein Schüler versteht zunächst, was Agor meint. Er erklärt. Immerhin.
Zwei Türme pro Tag mit je zehn Rechenaufgaben. Der
Anfang ist einfach. Alles geht gut. Dann, ein paar Wochen später, Multiplikation, Division. Viele Schüler
können die Aufgaben lösen. Dann gemischte Aufgaben. Jetzt vier Türme pro Tag. Division, Multiplikation,
Addition und Subtraktion. Vier Schritte zum Ergebnis.
Linke Buchseite. Seite zweiunddreißig oder vierunddreißig. Wer erinnert das schon? Die blaue Fibel. Das

Bild mit den Rechentürmen bleibt. Auch die Erinnerung an Ratlosigkeit. Wie machen es die anderen so schnell? Du musst auswendig lernen! Das kleine Einmaleins.

„Ich denke, wir sollen rechnen, nicht auswendig lernen", sagt der Schüler. Er kommt mit nur wenigen Lösungen zur Schule, am nächsten Tag. Agor beginnt zu fragen. Das Unbehagen des Schülers meldet sich. Er meldet sich, um wenigstens gleich zu Beginn dranzukommen, wenn er noch Ergebnisse vorzeigen kann. Agor ahnt, was er nicht ahnen soll. Er nimmt andere dran. Für den Schüler verstreicht die Zeit drohend und erfolglos. Was Agor nicht ahnt: die Grafik des Schülers, der mit nur wenigen Lösungen kam. Auf der linken Buchseite ein dickes, blaues Tintenkreuz, die Türme durchgeschnitten mit heftigen Linien, wie ein stark vergrößertes Lottoschein-Kreuzchen. Daneben das unglückliche Wort „Angst", das den weißen Rand des Satzspiegels verziert. Mehrfach.

Er vermag sich immer sehr prägnant auszudrücken, der Schüler, der schlecht rechnen, aber schon früh schreiben kann.

Schriftliche Darstellung: immer Note eins. Agor, der so genannte Pädagoge, nimmt einen nach dem anderen Schüler dran. Er schreitet durch die Reihen wie ein Feldherr. Der Schüler mit den wenigen Lösungen sitzt hinten, wo sonst, sieht das Ende seiner Chance auf sich zuschreiten, schaut nach unten.

Feste schwarze Schuhe mit einer breiten, dicken Sohle bleiben vor ihm stehen. Turm vier, Aufgabe fünf, rufen die Schuhe. Weiß nicht, sagt der Schüler. Leise.

„Buch auf", sagt Agor. Dem Schüler fällt seine Grafik ein, die auf Seite zweiunddreißig oder vierunddreißig. Wer weiß das noch?

"Hab ich nicht mit", sagt er. Leise. Schuleigentum verunstaltet, so heißt die Anklage, mit der er rechnen muss. Rechnen. Auch nur ein Wort. Agor ist viel mehr als ein Wort. Mehr als ein Name. Er ist ein Synonym für Bedrohung. Der Schüler weiß das. Die anderen Schüler auch. Agor sowieso.

Agor ist schlank und in den Augen der Schüler riesengroß. Er hat schwarze Haare und dunkelbraune, eng zusammenstehende Augen, eine spitze Nase und einen Überbiss, der seinem Gesicht etwas Vogelähnliches gibt. Man sagt, er könne durch dicke Wände hindurchhören. Seine Stimme ist wohlklingend tief, ein männlicher Mann, dessen Männlichkeit von seinen kräftigen, behaarten Händen unterstrichen wird. Agor trägt immer einen grauen Anzug. Nie sieht man ihn ohne Krawatte. Eine Krawatte jener Art, deren Ende rechtwinkelig geschnitten ist. Stets trägt er die schwarzen Schuhe mit breiter, dicker Sohle, die nun vor dem Schüler stehen.

„Buch auf", wiederholt Agor. Leise. Leiser als vorher. Viel leiser.

„Ist zu Hause", sagt der Schüler. Es wird still im Klassenraum. Der Schüler lässt seine linke Hand sinken

41

und befühlt mit dem Mittelfinger einen kleinen, roten Plastikaufkleber, der seitlich an die Sitzfläche des Stuhls geklebt ist und mit dessen Hilfe der Hausmeister die Stühle in Bezug auf ihre Größe schnell und fehlerfrei den genormten Größen für Altersklassen zuordnen kann. Ein glatter, etwa einen Quadratzentimeter großer und zwei Millimeter hoher runder Knopf, der jedem Angriff eines Schülerfingernagels trotzen kann. Zu klein zum Festhalten, aber immerhin angenehm glatt zu befühlen.

„Ich dachte", sagt der Schüler mit heller Stimme, „heute ist kein Rechnen." Er spricht nun immer schneller. Vor seinen Augen schimmert die Grafik von der linken Buchseite, das Andreaskreuz mit dem Wort Angst. Und niemand außer ihm sieht, wie sie immer größer wird, wie sie den Klassenraum überwuchert, wie sie schon nach wenigen Sekunden auf den Boden stößt und gleichzeitig durch die Decke des Klassenraumes hindurchzuwachsen droht, die Angst. Das unsichtbare, mächtige Tintenkreuz verschmilzt mit der Angst zu einer dicken Soße, blau färben sich die Fensterscheiben, während von den Fensterbänken die Fuchsien, Geranien und Kakteen der schülereigenen Botanikversuche das Wort „Angst" in Grün und Türkis und in einer beispiellosen typografischen Vielfalt quer durch das Klassenzimmer spucken.

Urplötzlich fängt Agor an zu brüllen:

„Du...", schreit er und zieht das Du so lang, wie ihm der Atem reicht, „Schwachsinniger", schreit er und wiederholt: „du Schwachsinniger." Der Schüler sieht auf die Schuhe. Er sieht überhaupt nur noch Schuhe.

„Sieh mich an", brüllt Agor. Seine Lautstärke ist fürchterlich. Der Schüler blickt nach oben, sieht weit entfernt den Kopf des Riesen Agor. Und Agor beginnt sich zu bewegen. Unendlich langsam beugt sich sein Rücken, unendlich langsam zieht Pädagoge Agor seine Hand aus der Hosentasche, wodurch Kleingeld und Schlüsselbund durch das Klassenzimmer zu schweben scheinen. Unendlich langsam greift Lehrer Agors Hand vorbei am Kopf des Schülers, nimmt mit einer einzigen Bewegung den Schulranzen vom Haken des Tisches und dreht diesen noch während der Aufwärtsbewegung mit der Öffnung nach unten, so dass alle Bücher, alle Hefte und auch die gelbweiße Brotdose, die von einem Einweckgummi zusammengehalten wird, zuerst auf den Kopf des Schülers prallen, um sich dann klatschend und scheppernd auf der Tischplatte zu verteilen. Mitten im Müll die blaue Rechenfibel. Agor nimmt die Fibel in die Hand. Er schaut den Schüler an. Er sagt nichts. Er sagt nichts, er schaut nur. Dann ein Singsang.

„Was ist das?", singt er. C-Dur, F-Dur, E-Dur. Einige Schüler lachen.

„Was ist das?" Dann brüllt er wieder: „Mein katholisches Gesangbuch?" Der Schüler sagt das einzige, was er vielleicht nicht hätte sagen dürfen. Er weiß nicht, dass er es sagt, aber er sagt es:

„Ich bin evangelisch." Jemand lacht. Dann ist es wieder so ruhig, als wäre man um Mitternacht allein in einer Kirche. Der Pädagoge schlägt zu. Er schlägt mit dem Buch auf den Schüler ein. Wie ein Besessener schlägt er immer wieder zu, links und rechts in schnellem Wechsel, bis die Wangen rot und geschwollen sind, was angesichts dieses Angriffs erstaunlich lange dauert. Für den Schüler hat die zeitlupenartige Wahrnehmung sofort mit dem ersten Schlag aufgehört. Mit jedem Schlag auf die linke Seite brüllt Agor:

„Schwachsinniger", brüllt er. Mit jedem Schlag auf die rechte Seite schreit er: „Evangelisch." Er ist, im ursprünglichen Sinne des Wortes, außer sich. Er ist nicht mehr da. Etwas scheint ihn in Besitz genommen zu haben. Wie ein Besessener prügelt er auf den Schüler ein. Der Schüler mit den wenigen Lösungen, versucht seinen Kopf mit den Händen zu schützen.

„Nimm die Hände runter", brüllt Agor, und der Schüler gehorcht. Er kann nicht anders als zu gehorchen. Doch nach dem nächsten Schlag sind die Hände wieder oben, und wieder schreit Agor, der Schüler solle die Hände wegnehmen. Hochheben, runternehmen, hochheben, herunternehmen. Als endlich das Buch seine Bindung verliert, die Seiten der Fibel durch das Klassenzimmer fliegen, ist Schluss.

Agor geht langsam zum Pult und flüstert, hörbar für alle, er sei von Schwachsinnigen umgeben. Er setzt sich auf seinen Stuhl und sagt nichts mehr. Er liest im seinem roten Lehrer-kalender. Bis zum Pausenklingeln schweigt Agor. An die zwanzig Minuten schweigt er.

In der Klasse hört man das leise Weinen des Schülers, der fürs Leben gelernt hat. Der promoviert später in Psychologie und wird Professor für Medien-

Pädagogik. Als Student schneidet er im Studienfach
Fach Statistik schlecht ab, der Schüler mit den wenigen
Lösungen. Zahlenkolonnen. Computerendlosausdruck.
Im Prinzip nur eine Seite mit zwei Türmen. Sehr ein-
fach.

Ein bestimmtes, schon vor vielen Jahren gelesenes Gedicht, eine Hymne an die Liebe, die er nicht auswendig lernen musste, weil er sie schon beim ersten Lesen behielt, erwuchs ihm über die Zeit zu einer Kathedrale, wurde zum Äußeren und Inneren dieses mächtigen Bauwerkes, dessen höchste Erhebungen in einen anderen Himmel hineinragen, als den, an dessen Existenz sie erinnern, während die scheinbar unendlich hohen, vielen tragenden Säulen des Kirchenschiffs das Gesicht der Ordnung innerhalb der Schöpfung zum Ausdruck bringen, so dass das Äußere der Kathedrale mit all seiner Verwitterung und der umbaute, innere Raum mitsamt seiner Schlichtheit zum Ausdruck der Auseinandersetzung werden, die nur der Liebende als Nebeneinander von Geborgenheit und Geworfensein kennt, und das er in nur wenigen gesegneten Werken, welche die Kunst hervorgebracht hat, wiedererleben darf, es sei denn, er liebt wieder und wieder und wieder.

Er träumte davon, ein Dichter zu sein, als würde er Verse schreiben wie Lao Tse. Das Schamgefühl der Vermessenheit weckte ihn auf.

Ich schaue mit meinen Augen von gestern auf das Heute, mit der Vergangenheit und ihren Erfahrungen auf das Jetzt. So ist es unmöglich, genau zu verstehen, was in diesem Moment passiert.

Mein Wunsch: Erinnerungen zu haben, nicht Erinnerung zu sein.

Auf der anderen Straßenseite seine erste große Liebe. Zwischen ihnen die Straße. Fahrende und parkende Autos, Radfahrer und Fußgänger, wie das gedankliche Nebeneinander der Erinnerungen. Das Gestern während eines kurzen Augenblickes vollständig präsent. Ertrinkende sollen ihre Vergangenheit innerhalb von Sekunden noch einmal erleben. Konnten sie ein wirklich neues Leben anfangen, nach ihrer Trennung? Beide geben sich Mühe, aneinander vorbeizusehen. Wie lernt die Seele, Schmerz zu empfinden?

Bewundern kann ich nur Menschen, die vorbehaltlos vergeben können. Nichts ist schwerer als dies.

Ein Wunsch: Mich so in einer Erfahrung zu verlieren, dass ich selbst nicht mehr bin.

Auf Dauer kann er sich nicht verstecken, das weiß er. Er hörte, auch Fortlaufen habe ein Ende, irgendwann. Also wird er sich etwas Neues ausdenken müssen. Er wird seine ganze Energie darauf verwenden, wenigstens mit einem Teil im Verborgenen zu bleiben. Selbst wenn es gelingt, ein nur daumennagelgroßes Teilchen seiner Seele unentdeckt zu lassen, wird er zufrieden sein. Der Gedanke, es würde irgend jemand ihn ganz genau kennen, lässt ihn aufschrecken. Ob der andere Gedanke, er könne sich selbst eines Tages genau kennen, ihn beunruhigt oder ängstigt, weiß er nie zu entscheiden, wenn er ihn denkt.

Rücksicht nehmen: Zurückblicken auf was?

Ein Wunsch: Alles erinnern zu können, was ich möchte. Ein anderer Wunsch: Sofort zu wissen, was des Erinnerns wert ist und alles andere zu löschen. Spurlos.

Muss die Fähigkeit zur Freude gelernt werden?

Manchmal ist die Erinnerung an eine bestimmte Musik so präsent, dass er sich in seinem Wohnzimmer stehend – anscheinend dirigierend – mitreißen lässt. Dann ist er ganz Musik.

Wie es ihm wiederholt gelingt, sogenannte endgültige Entscheidungen zu treffen und dann nicht danach zu handeln, ist ihm ein wirkliches Rätsel. Besonders die quälenden Situationen, die er mit Menschen erlebt, welche ihm uneinsichtig, rücksichtslos und überheblich Vorkommen, sind es, die Entscheidungen dieser Art hervorrufen. Solche Menschen möchte er oftmals nicht mehr sehen. Aber er setzt sich ihnen immer wieder aus. Wenn er sich Beweggründe seines Verharrens aufgezählt hat, führt dies sofort dazu, dass er nun wirklich gehen will. Aber er bleibt. Er weiß nicht warum, aber er bleibt. Es scheint einen Teil in ihm zu geben, der immer noch ein anderes Ziel hat.

Den Weg zu Ende gehen. Sehen, wie das Ende aussieht, es nicht nur zu denken. Seine Geschichte ist die des Weglaufens. Immer ist er gegangen, bevor der andere ging. Manchmal sah es so aus, als würde man ihn wegschicken. Er weiß, es schien nur so.

Als Flüchtender hat er Routine. Auf diesem Gebiet ist er unschlagbar. Seine Raffinesse schließ die Nichterkennbarkeit seiner Flucht mit ein. Alle denken, er sei ein tapferer Mann. Ja, dass es überhaupt einen Anlass zum Fliehen gibt, selbst das macht er unentdeckbar.

Mit bösen Sätzen, die er zu vielen Menschen nicht gesagt hat, um sich selbst zu verstecken, ließen sich Bibliotheken füllen.

Wenn er dümmer wäre, könnte er sich besser durchsetzen. Aber der Rhetoriker in ihm äußert immer Bedenken, wenn eine Meinung zu vertreten ist. Diese Form der Alternative hat einen lähmenden Charakter. Zu den wesentlichen Fragen des Lebens hat er keine Meinung. Oder mehrere, was auf das Gleiche hinausläuft.

Bevor er handelt, vergeht viel Zeit. Jeder Entschluss erscheint ihm voreilig. Was fehlt, ist ein Ziel. Welches kann er heutzutage noch haben? Fast alle Ziele scheinen ihm wenig lohnend.

Morgen wird er damit beginnen, eine Rede an die Nation zu schreiben. Den Titel weiß er schon, ungefähr. Arroganz wird drin vorkommen. Dann wird er seine Rede halten. Er wird die Rolle des Hauptanklägers spielen. Er wird der Gerechtigkeit, vor allem der Bescheidenheit eine Lanze brechen. Vom Ende der Besserwisser und Neunmalklugen wird er berichten. Er wird ein Held sein, dem man nur zustimmen kann. Die Gedemütigten und Verletzten werden sich verstanden und vertreten fühlen. Die Überheblichen werden ertrinken in seinen Worten. Abkanzeln und fertigmachen wird er sie. Er wird sich über sie hermachen wie eine Naturkatastrophe. Als Sieger wird er das Rednerpult verlassen. Danach wird ihm niemand jemals mehr widersprechen können.

Inspiration – ein großes Wort. Missbraucht und missverstanden, entgeistigt.

Der Sprache der Werbung, besonders im Internet, ausgesetzt, sieht er immer das Bild vom heiligen Sebastian. Wörter treffen wie Pfeile. In der Werbung spricht man von Zielpersonen.

Reduktion des Textes scheint ein sehr modernes Ansinnen zu sein. Der Boulevard-Presse gelingt dies mühelos. Seit vielen Jahrzehnten.

Gefühle an- und abschalten können wie das elektrische Licht.

Verwundert hört er jemanden zu, wie der seine eigene Leistungsfähigkeit beschreibt. Das ist ihm noch nie in den Sinn gekommen. Er redet nur davon, was er nicht kann.

Über die Argumente seines Gesprächspartners regt er sich so sehr auf, dass seine noch dümmer klingen. Das Thema stirbt im Durcheinander der Gefühle.

Der Weise handelt durch Nichthandeln, las er. Das machte ihm Mut, eine wichtige Entscheidung aufzuschieben und zu warten, bis das Ergebnis zu ihm kam. Es war besser, als er selbst es jemals zustande gebracht hätte.

Ein Ziel, das bleibt: jemanden zu lieben. Oder überhaupt zu lieben.

Ziele haben und nach ihnen zu handeln produziert Ergebnisse. Keine Ziele zu haben produziert andere Ergebnisse. Ein Teil in uns weiß, was er will und was für uns gut ist. Diesem Teil lauschen wir selten, weil wir es nicht gelernt haben. Und wenn wir ihn beachten, vertrauen wir nicht. Das ist das wirkliche Unglück. Die Dinge sich entwickeln lassen, ihnen Raum zu geben, ihre eigene Gesetzmäßigkeit zu entfalten, ohne den Zugriff des Willens, ganz in diesen Prozess sich einzufügen, mitzufließen und in ihm zu verschwinden. Und dann, wenn alles geschehen ist, auftauchen und das Ergebnis betrachten. So müssen Wunder geschehen sein. Früher.

Am Ausmaß seines Mitgefühls konnte er erkennen, wie sehr er jemanden mochte. Zu einigen wenigen Menschen, von denen er wusste, dass sie ihn nicht aushalten konnten ohne Gefühle der Ablehnung oder sogar des Hasses, spürte er dennoch ein Gefühl der Zuneigung. Dies hielt er für eine wirkliche Errungenschaft.

Nur der Demütige sollte Menschen führen. Sagt Konfuzius.

Niemand war leichter zu betrügen als er. Er konnte es sich nicht abgewöhnen, Menschen nach ihrem Äußeren zu beurteilen. Obgleich seine Erfahrung dagegensprach. Meistens irrte er sich, wenn er andere Menschen einschätzte. Selbst wenn er jemanden schon lange kannte und ihn die Erfahrung eines Besseren belehrt haben sollte – nach einem gewissen Zeitabstand, ohne physische Präsenz des anderen, schöpfte er auch bei einem notorisch Bösartigen wieder Hoffnung, wenn der gerade mal besonders freundlich aussah.

Würde er seinem Äußeren einen Beruf zuteilen, wäre er Hafenmeister. Oder Bootsbauer. Jedenfalls etwas am Meer. Nur müsste er Kontaktlinsen tragen. Am Meer trüge er keine Brille.

Einmal sah er beim Fernsehen einen Filmausschnitt, in dem ein Hund durch die Welt irrte, seinen Herrn zu suchen. Es war ein Kinderfilm. Die besonders eindrucksvollen Szenen waren mit Musik unterlegt. Kurz danach sah er Nachrichten und ertappte sich, wie er bei unzähligen Kriegsopfern weniger berührt war als bei dem gequälten Tier aus dem Kinderprogramm. Sollte man die Nachrichtensendungen musikalisch begleiten? Vielleicht in Moll?

Mich im Zimmer umhörend, warte ich auf die Nacht, in der ich zu entdecken hoffe, wie Schränke und Stühle miteinander reden, um sich gegenseitig etwas zu beschreiben, von dessen Vorhandensein ich nicht die geringste Idee habe.

Ich bin eingeladen zu einer Feier und stürze mich vorbehaltlos in die Menge. Der Aufprall ist fürchterlich. Katerstimmung schon vor dem ersten Glas.

Mein neuer Teppich verrät bereits nach wenigen Monaten, das ich immer dieselben Wege bevorzuge. Heruntergetretene Einseitigkeit. Es gibt Stellen in der Wohnung, die ich auch nach Jahren noch nicht aufgesucht habe.

Wie oft hatte ich schon eine bestimmte Türklinke gedrückt, ohne das kalte Messing zu spüren. Die Kälte meiner Hand ließ eine solche Beobachtung nicht zu. Erst als das Fieber eine ungewöhnlich hohe Temperatur erreichte, erschrak ich bei der Berührung der Klinke über deren Fremdheit.

Würde ich auswendig beschreiben müssen, wie meine alltägliche Umgebung aussieht, es gelänge mir detailliert. Sollte ich jedoch hinzufügen, wie sich anfühlt, was ich täglich sehe, falls es sich berühren ließe, ich käme mir vor wie blind.

Es soll Blinde geben, die Farben fühlen können, aber Sehende, die mit verbundenen Augen etwas einmal Ertastetes nicht wieder identifizieren können. Wie zuverlässig sind unsere Sinne?

Als ich einen Freund lange anstarrte, um seinen anscheinend endlosen Ausführungen zuzuhören, konnte ich nach einer gewissen Zeit meinen Blick nicht mehr fokussieren. Um seinen Kopf herum bildete sich ein Lichtschein, wie ich ihn von Heiligenbildern her kenne. Nur dass der Lichtschein grünblau war, nicht gold.

Als die Gäste gegangen waren, lauschte er die Wände nach ihren Stimmen ab, um sich zu vergewissern, dass sie ihre schlimmsten, sorglos ausgesprochenen Gedanken wieder mitgenommen haben.

Manchmal kann ich mich nicht entschließen, ob ich jemandem zuhören soll oder ob ich nur beobachte, wie er aussieht, während er spricht. Wenn ich mich dann fürs Zuhören entscheide, bin ich nicht selten enttäuscht. Bei der Entscheidung fürs Beobachten passiert mir das nie.

Beim Duschen macht er immer dieselbe Bewegung. Die Reihenfolge der einzelnen Säuberungsmaßnahmen ist festgelegt. Als er einmal den Ablauf bewusst veränderte, hatte er den Rest des Tages das Gefühl, es würden ihm ständig Fehler unterlaufen.

Er stand an der offenen Balkontür und sah den Wind kommen. Nicht, dass der etwas bewegt hätte. Bäume, Sträucher, Blätter, Gras, alles stand still, auch in der Ferne. Aber er sah den Wind.

Nach Jahren läuft er wieder barfuß über den Strand, kann nicht mehr glauben, ein Erwachsener zu sein. Wie ein Kind, fühlt er sich. Er sieht den Schatten eines Erwachsenen und meint, der müsse einem anderen gehören.

Manchmal freue ich mich so auf Besuch, dass ich denke ein anderer zu sein.

Nation ist etwas für Politologen oder Historiker. Mit den Menschen hat sie – ganz zuletzt – nichts zu tun. Sehnsucht nach Heimat, nach Muttersprache, der Kultur, in der man aufgewachsen ist, alles nur Pawlowscher Hund. Gute Seelenforscher wissen das. Sie stoßen bei ihrer Arbeit in Bereiche vor, die keine Nationalfarben tragen.

In der Karibik am Strand liegend, die Haut von der Sonne gebräunt, den Blick auf das türkisfarbene Meer gerichtet, in der Hand eine Pina Colada, schaltet er den Walkman ein, um Mozarts Requiem zu hören. Das Ineinander von Umgebung und Musik wird zur Qual. Mit den ersten Takten zerfällt die Seele in ihre Einzelteile. Hätte Mozart in der Karibik gelebt, sein Requiem wäre nie entstanden.

Zu seinen Lieblingswörtern gehört das Wort Identität. Er kennt nur wenige, die ihre Identität leben. Er selbst gehört nicht dazu. Zu viele Masken. Ich bin ein Schauspieler, der viele Charaktere einstudiert hat. Selten gelingt es mir, dem Publikum etwas anzubieten, worauf es gewartet hat. Bin ich meistens nur im falschen Theater? Nein, eigentlich immer.

Auf Hochzeitsgesellschaften oder Taufen lässt er bei seinen Reden gern das Thema Tod einfließen. Auf Trauerfeiern spricht er gern über das Leben. Er kann es nicht unterlassen. Alles andere wäre gelogen. Inzwischen bittet man ihn seltener um eine Ansprache.

Als Chef eines großen Unternehmens wurde er mt Privilegien überhäuft, die er nie ohne schlechtes Gewissen annehmen konnte. Er konnte sie nicht ablehnen, ohne das Gesamtgefüge des Unternehmens ins Wanken zu bringen. Verantwortliches Handeln soll kann Mitschwimmen heißen? Die Berufswelt verzeiht keine Verletzungen der Rituale.

Er entscheidet sich zu gehen. Er will die Rolle des Chefs nicht mehr. Sofort fühlt er wieder etwas. Etwas, was ihm verlorengegangen war, schwebt in ihn zurück.

Als er sagt, dass er geht, weint jemand. Der Fortschritt gegenüber früheren, ähnlichen Erfahrungen: Die Mitarbeiter, die er zurücklässt, tun ihm nicht leid. Er weiß, sie sind wichtiger für sich als er für sie.

Ängste liefern keine Auswege. Wie sollten sie auch, sind sie doch Ergebnisse.

Feigheit, die vertraute und am meisten verbreitete Form sich zu retten.

Die wirklich Mutigen sind die, die ihre Feigheit überwinden können.

Ich hatte viele Probleme im Leben. Die meisten haben nie wirklich stattgefunden.

Was ist dem Ängstlichen wichtiger als Schutz? Die Antwort darauf überwindet die Angst – wenn es etwas gibt, was schwerer wiegt als Schutz.

Oft sieht das, wovor er zurückzuckt – steht er dann wirklich davor – völlig anders aus als vermutet und verliert seine erdrückende Größe.

Wind treibt Wolken über den Himmel und verändert ihre Formen. Baumkronen reißen Wunden in pralle Leiber. Berge erzwingen Richtungsänderung. Sonnenwärme lässt flache Table aus zu zeitlupenlangsamen Eruptionen werden. Dann endlich: Regen. Nichts bleibt. Nur der Geruch von nassem Grün.

Erinnerung an frühere Zeiten: Immer wieder sein Wunsch, ein anderer zu sein. Nur wer? Immer wieder sein Wunsch nach einer anderen. Zukunft. Als ob die schon gewesen wäre! Wie paradox konnte er sein!

Erinnerung: Die frühe Erkenntnis, wonach der Wunsch nach einer anderen Vergangenheit unsinnig ist – in vielerlei Hinsicht. Dennoch war da dieser Wunsch.

Eine Erfahrung, die befreit: Wiederkehrende, nichteingelöste Wünsche kommen immer seltener zurück. Es sei denn, es handelt sich um etwas, dessen man wirklich bedarf. Dann von einem Wunsch zu sprechen, ist nur eine Verwechselung.

Oft wurde ihm die Zeit knapp, und er vergisst das Ausatmen. Abends fühlte sich sein Brustkorb an wie eine zu heftig gespannte Kesselpauke. Dann klang seine Stimme, als würde er mit sich selbst telefonieren.

Sich zu wünschen, jemandem zu lieben, oder geliebt zu werden, ist kein Wunsch. Ein angemessenes Wort für diese Art des Wünschens gibt es nicht.

Er hetzte durch die Welt, als würde er nur ein Leben haben. Seine Lebensgeschwindigkeit führte zur Oberflächlichkeit. Noch nie hatte er irgend etwas wirklich gründlich gemacht. Meint er. Ruhig im Sessel sitzend, dachte er oft darüber nach, was er als nächstes tun würde. Innerlich war er längst aufgestanden.

Als er betrogen wurde und davon erfuhr, fühlte er sich gut. Während dieser Zeit hatte er nicht das Bedürfnis zu rauchen. Er war so unglaublich im Recht, fast alle anderen Bedürfnisse waren getilgt. Mehr brauchte er nicht als nur dieses Im Recht sein.

Erinnerung an frühere Zeiten: Zum ersten Mal im Leben dachte er einen Feind zu haben. Sie hingen aneinander wie Handschellen.

Erinnerung an frühere Zeiten: Die Meinungsverschiedenheiten waren für den anderen ein Problem, für ihn war es eine Katastrophe. Er durchlitt alle Begegnungen wie ein Gedemütigter.

In Feindschaft auseinandergehen: die erbärmlichste aller Niederlagen. Für beide Seiten.

Wie demütigend sich jemand verhalten kann! Eine ernstgemeinte Entschuldigung zu ignorieren, als wäre sie nie ausgesprochen. Und dann, den gleichen Vorwurf immer weiter zu wiederholen mit anderen Worten, bis der Gedemütigte in seinen Schuhsohlen versinkt, so weit, dass kein Absatz zum Umdrehen bleibt, eine Flucht zu ermöglichen. Absorption der Liebe aus jeder Körperzelle. Der Unterschied zwischen Himmel und Hölle: demütig sein oder gedemütigt werden.

Zwei Wörter, die über Jahrtausende von ihrer Tiefe nichts eingebüßt haben: Versöhnung und Vergebung.

Ein Wort, das noch nie ausdrücken konnte, was es bedeutet: Liebe.

Manche besonders klugen Leute sagen, man selbst habe die Bereitschaft, sich demütigen zu lassen, dürfe sich folglich nicht beklagen. Wissen die nichts von den Mächten unter der Wasseroberfläche? Die machten schon immer, was sie wollen. Und hat der Gequälte nicht das Recht zu schreien?

Seit Jahren hat er Schwierigkeiten, Menschen ins Gesicht zu sehen, wenn sie ihn ansprechen. Folglich läuft er, obwohl noch keine fünfzig, leicht gebeugt. Kürzlich danach dachte er daran, besonders aufrecht zu gehen und andere beim Gespräch direkt anzublicken, um wenigstens einen interessierteren Eindruck zu hinterlassen. Daraufhin träumte er in der Nacht, sein Vater habe ihm das Denken verboten. Kürzlich entdeckte er im Gesicht eines ehemaligen Kollegen eine deutliche Veränderung des Mienenspiels. Der andere hatte eine Zeitlang sein Lächeln bewusst und deutlich übertrieben. Als ginge es darum zu zeigen, die Freundlichkeit sei gespielt und irgendwie wüssten das beide, aber man spielte eben das Spiel, so zu tun, als wäre man freundlich, als würde dieses Spiel weniger absurd dadurch, wie man es als Spieldeklariert. Natürlich hatten sie über diese Art von Vereinbarung nie gesprochen, die Regeln wurden einseitig aufgestellt, von beiden. Sie funktionierten trotzdem, weil sie die Beziehungsbelanglosigkeit zudecken halfen. Nach langer Übung verselbständigte sich diese Komödie und geriet zu einer noch schlechteren Variante: niemandem fiel sie mehr auf. Erst als er, fast versehentlich, wirklich freundlich war, verschwand das petrifizierte Lächeln des andern und wurde vom Ausdruck der Verwirrung abgelöst. Dies verbuchte er als einen Sieg.

Er hatte keine Freude mehr daran, den Helden zu spielen. Endlich entglitt der geöffneten Faust ihr Handschuh und ließ aus den Linien jahrzehntealte Ängste Tausende von nichtgeweinten Tränen heraustropfen.

Alle verschiedenen Formen der Trauer sind ihm bekannt, die laut rufend verbitterten ebenso wie die still leidend verzweifelten. Deshalb fragt er sich, ob er je wirklich getrauert hat, außer um seine eigenen Verluste.

Von kleinen und großen Zielen erzählen und dann sich wohlfühlen in der natürlichen Ordnung der Schöpfung, ohne ein einziges Ziel wirklich zu verfolgen. Außer in der Phantasie.

Sind die Schwachen wirklich stark, wenn sie ihre Schwäche nicht mehr verbergen?

Der Liebende weiß um Fehler, die geschehen. Geduldig bewirkt er Korrekturen.

Das Ausmaß an Egozentrik, mit welchem manche ihre Meinungen durchsetzen, überraschte ihm immer wieder. Diese Art von Überraschtsein ist sehr naiv. Der Blick in die Welt und deren Zustand hätte jede Form der Naivität längst auslöschen müssen.

Alles Nachdenken über ein anderes Verhalten ist ohne Wirkung. Nur das veränderte Handeln zählt. Mag sein, dass Gott unsere Absicht zu schätzen weiß und wir schon deshalb in seinen Augen Gnade finden. Im Moment nützt mir das wenig. Das Gefühl bestimmt das Handeln. Wenn die emotionale Falle zuschnappt, ist es für die Alternative zu spät. Diesem Gefühl gegenüber schleicht sich der nachfolgende Gedanke.

Seine Erinnerung an die Kindheit enthält unangenehme Geräusche: Das Klatschen von Schlägen an den Kopf. Er hört auch noch, wie die Mutter seine älteren Geschwister bat, ihn nicht immer an den Kopf zu schlagen. Sein Gedächtnis scheint im Bereich akustischer Aufzeichnungen sehr genau zu sein. Er hört auch noch, was er damals dachte: Weshalb dürfen die mich überhaupt schlagen, ganz gleich wohin? Sein Verstand sagt ihm heute, so schlimm sei das nicht gewesen.

Obwohl er sich genau erinnert, wie er sich fühlte. Damals. Er war nicht etwa gekränkt, er war die Kränkung. Nichts anderes als diese Kränkung war er. Restlos. Ohne jegliche Verteidigungsmöglichkeit gegenüber den viel älteren Geschwistern. Nicht einmal Wut, Trauer oder Angst haben geholfen. Damals half nichts. Gar nichts. Was für ein erbärmlicher Zustand, wenn alle Versuche, das Unglück zu unterbinden oder auch nur zu mildern, ohne Wirkung bleiben. Kinder haben ihr eigenes Gethsemane.

Dunkelgrün wäre die Art seines Trostes, mild, warm und nie endend, weich wie Moos.

Vor lauter Aktivität komme ich zu nichts.

Im Garten sitzend, notiere ich in meinem Tagebuch die neuesten Selbsterkenntnisse. Wind blättert im Nu zwei Jahre zurück. Dort steht das Gleiche, nur besser formuliert.

Um den Kopf eines Engels zu fotografieren, wischte er dem marmornen Himmelswesen die Spinnweben aus dem Haar. Ein Bekannter, der unerwartet dazukam, sagte, mit den Spinnweben würde das Foto viel besser werden. Erschrocken sagte er, er habe vor der Beseitigung eine Aufnahme gemacht, nun sei die Version ohne dran. Dass es ihm vor Scham überseine Blindheit den Hals zu schnürte, blieb unbemerkt.

Wie sollte er sich seiner Erfolge rühmen, wusste er doch, seine Begabungen nicht selbst erzeugt zu haben. Zuständig ist er nur dafür, sie sinnvoll zu nutzen.

Manche halten sich schon für glücklich, wenn sie andere verachten dürfen.

Welch einen Aufwand ich betrieben habe, zu jemandem zu werden, der ich nicht bin! Mit der gleichen Energie, hätte ich sie nach außen gerichtet, wäre etwas wirklich Brauchbares zu machen gewesen.

Was für eine Überheblichkeit, in Vorträge ohne Notizblock zu gehen. Der Referent muss glauben, man wüsste schon alles. Entschuldbar wäre dies nur mit einem perfekten Gedächtnis.

Wie oft ich mich schon geirrt habe! Und immer wieder bin ich erbost, wenn jemand meine Überzeugungen anzweifelt.

Irgend etwas in mir weigert sich, aus den Fehlschlüssen der Vergangenheit Konsequenzen zu ziehen.

Manchmal läuft er wie vor einem Hund davon, der für seine Unachtsamkeit winselnd die Prügel einsteckt, an denen er Schuld hat wie der Knüppel an den Schlägen.

Gelegentlich erwacht er in der Nacht und hat Angst. Da er nicht weiß, was ihn ängstigt, erfindet er eine Ahnung vor heraufziehenden Katastrophen. Mit dieser Vorstellung kann er dann beruhigt wieder einschlafen.

Ich habe es geschafft, ich merke es. Es ist anders als sonst. Jetzt fängt es an. Wochenlang habe ich gesessen auf einem Fleck und mit geschlossenen Augen meine Gedanken beobachtet. Wie ein Zuschauer im Kino sah ich ihnen zu. Nur unbeteiligt. Auch meinen Gefühlen sah ich zu. Obwohl es nichts zu sehen gab. Wie sieht man Gefühle? Jedenfalls beobachtete ich sie. Jetzt, nachdem es still wurde, denke ich an Buddha. Das muss er gemeint haben mit Erleuchtung, denke ich. Schon sehe ich mich mit kahlrasiertem Kopf in einem Kloster vor einer Gruppe von Mönchen sitzen, die Leere lehrend. Ich habe es geschafft. Welch ein sattes Gefühl, denke ich, diese Gedankenlosigkeit.

Er wird Geschichten erfinden und sie aufschreiben. Dann weiß er genau, sie erfunden zu haben. Und er kann jedem sagen, es handele sich um erfundene Geschichten. Niemand wird mehr fragen, ob es auch wahr sei, was er erzählt. Auch er nicht. Eine Erlösung.

Er stellt sich vor, alle würden mit seinem ärgsten Feind so umgehen wie der mit ihnen. Zu einem autistischen Kind müsste der werden, so unerträglich wäre es für den. Oder mutieren zu einer Steinfigur. Um augenblicklich zu Sand zu zerfallen.

Er kann nicht behaupten, sein Leben gegen das Leben eines anderen grundsätzlich nicht tauschen zu wollen. Zum Beispiel wäre er gern reich. Allen Ernstes hat er Angst davor, eines Tages verhungern zu müssen. Oder keine schützenden Wände um sich herum zu haben. Jedes Mal, wenn er das sagt, fängt jemand an zu lachen. Dabei ist es ihm bitterernst. Er weiß noch, wie seine Mutter ohne Ehering aus dem Leihhaus zurückkam.

Er stellt sich vor, alle würden mit seinem ärgsten Feind so umgehen wie der mit ihnen. Zu einem autistischen Kind müsste der werden, so unerträglich wäre es für den. Oder mutieren zu einer Steinfigur. Um augenblicklich zu Sand zu zerfallen.

Gelegentlich hat er den Eindruck, im Leben keine Fortschritte gemacht zu haben. Dann erinnert er sich an die Einsamkeit der frühen Jahre – und den reißenden Schmerz der Einsamkeit. Wahrscheinlich ist, dass die Fortschritte sich zu ihm auf den Weg machten. Er hält es für ausgeschlossen, einen auch nur halbwegs tragfähigen Beitrag selbst geleistet zu haben.

Die Art, wie sie ihm die Hand gab, hatte etwas Indiskretes, Aufdringliches. Sie hielt seine Hand nicht etwa zu lange oder drückte sie zu kräftig. Vielmehr schlüpfte sie mit ihrer Hand irgendwie in seine. Diese Intimität war ihm unangenehm.

Wenn ich einem anderen einen psychologischen Sachverhalt beschreibe, und der andere ist gewillt, mir wirklich zuzuhören, finde ich mich unglaublich gut. Manchmal rede ich mich so ins Detail, dass ich den wesentlichen Gesichtspunkt vollständig übersehe. Das stört mich dann wenig. Ich bin meine Geschichte losgeworden.

Jemand warf mir vor, ich wolle immer nett sein. Wenn der wüsste, was alles an Boshaftigkeiten ich schon über ihn gedacht habe! Irgendwann werde ich es ihm sagen, wie dumm diese Bemerkung war. Den Unterschied zwischen nett und freundlich werde ich ihm erklären. Auf meine Art. In aller Höflichkeit.

In der Kindheit übte er das Durchhalten, Erleiden, Erdulden. Was er nicht übte: Aufbegehren, Widerstand, Kampf.

Erinnerung an frühere Zeiten: Menschen, die ihn verletzt hatten, erinnerte er größer, als sie waren.

Was gäbe ich dafür, das einzige zu bekommen, was ich in meinem Leben wirklich vermisse: Mut. Ja, was? Offensichtlich zu wenig.

Wenn geschriebene Sprache sich poetischer Analogien bedient, hat er immer das Gefühl, ein Kind hat dem Autor beim Schreiben über die Schulter geblickt.

Die Art, wie sie ihm die Hand gab, hatte etwas Indiskretes, Aufdringliches. Sie hielt seine Hand nicht etwa zu lange oder drückte sie zu kräftig. Vielmehr schlüpfte sie mit ihrer Hand irgendwie in seine. Diese Intimität war ihm unangenehm.

Je intensiver er sich mit einem Thema beschäftigt, desto schwerer fällt es ihm, damit umzugehen. Es dauerte lang bis es ihm auffiel. Als er es bemerkte, war es, besonders in Bezug auf ihn selbst, zu spät. Längst hatte er sich festgebissen in seinem Fell und konnte bereits das Geräusch der Zähne auf seinen eigenen Knochen hören. Nun half nur noch, zum Chronisten zu werden.

Streit hält er für weitgehend überflüssig. Für ihn gibt immer weniger, was einen Streit wert wäre.

Wenn Menschen nicht so sind, wie er sie haben will, und er verletzt sie deshalb, hat er schon einmal daran gedacht, sich zu entschuldigen? Oder seine Vermessenheit und Verblendung zu gestehen?

Das permanente Interesse an der eigenen Person, auch das übersteigerte, oder vielleicht sogar besonders dies, ist Ausdruck einer Bemühung, dem möglicherweise ganz und gar Nichtigen, zumindest nach eigenem Gefühl Nichtigen, immer wieder einen Wert zu geben, ähnlich wie man anlässlich der Konfirmation die pockennarbige Haut des an Akne erkrankten Pubertierenden gern überschminkt, und so sind Egozentriker

Nichthabende, besser Nichtseiende, denen die Aufmerksamkeit anderer im Auffangbecken der gefühlsmäßigen Sehnsucht nach Bedeutung zerrinnt. Als wäre Selbstinteresse ein Korb, dessen feinmaschiges Flechtwerk einen Tropfen wohl aufzufangen vermag, nicht aber festzuhalten.

Wer sein ganzes Elend auf den Tisch packt, zieht vor allem Skeptiker und Kritiker an. Die finden sich darin wieder.

Mein Schuldgefühl umschließt all mein Handeln. Noch am Tage meiner Hinrichtung würde ich mich bei meinem Scharfrichter entschuldigen, ihn bei seinem Frühstückgestört zu haben. Das brächte ich fertig.

Sich auf das zu berufen, was er geleistet hat, ist ihm unangenehm. Es scheint ihm nichts wirklich gelungen zu sein. Stets ist das Ergebnis nicht hinreichend. Alle seine mit dem Erfolg verbundenen Gefühle des Glücks sind schon während ihres Entstehens von Inflation bedroht. Er selbst entwertet alles. Bekäme er einen Preis, der sogar berühmte und anerkannte Koryphaen mit Stolz erfüllte, er wäre sich des Irrtums der Jury sicher. Die Auszeichnungen anderer scheinen ihm selbstverständlich. Er kann sich aufrichtig mitfreuen.

Weil er das, was er gerade tut, nicht schätzt, beeilt er sich. Das nächste, was ich beginne, wird besser, denkt er. Immer das nächste.

Wenn es um Belanglosigkeiten geht, kann er mit Konfrontationen leben. Erst wenn es ernst wird, weicht er zurück. Er kann nicht kämpfen. Seine Überzeugung besteht aus der Gewissheit, von vorn herein verloren zu haben. Die Erinnerungen, die am weitesten in seine Kindheit hineinreichen, sind Erinnerungen an restlose Niederlagen.

Seine Probleme sind ihm peinlich. Deswegen spricht er ungern darüber. Er fürchtet, man könnte sie für belanglos halten. Insgeheim hält er selbst sie für belanglos. Was andere quält, scheint ihm immer gravierender zu sein, auch berechtigter.

Er sieht aus dem Fenster und beobachtet eine Drossel, einen Regenwurm aufpickend. Aus, denkt er, aus. So schnell geht das. Was der Wurm wohl dachte? Hatte er noch Zeit, Angst zu haben? Todesangst? Die Drossel hat nichts gedacht. Vermutet er. Nein, er ist ganz sicher.

Jemand nörgelt sich durch den Tag, durch Wochen. Beschwert sich ständig über die schlechte Laune der anderen. Spiegellose Seele.

Ich bin die fleischgewordene Inkonsequenz. Niemand ist so unzuverlässig wie ich. Darauf kann man sich verlassen. Ich kann es mir leisten, jahrelang berechenbar zu sein, ohne dass daran etwas Wahres ist, so inkonsequent bin ich. Es ist mein Recht, so zu sein. Ich bin so selbstverständlich so, wie andere einen Sprachfehler haben. Meine Entscheidungen sind hinfällig wie ein alter, kriegsversehrter Mann: sie gehen an Krücken. Auch wenn ich aufrecht stehe, hat innerlich schon die Beugung der Knie begonnen.

Alles Reden darüber, man sei gar nicht so, wie einen andere beurteilen, ist völlig sinnlos. Diese Art Entschuldigung funktioniert nicht. Höchstens für einen selbst fällt dabei etwas ab. Man kann sich beruhigen und seine Illusionen pflegen, man sieht sich so falsch, wie die anderen einen sehen, auch wenn die ein gänzlich abweichendes Bild haben. Selbsterkenntnis bleibt zwangsläufig Stückwerk. Wie kann das Jetzt objektiv auf das Gestern schauen, da es doch dessen Produkt ist?

Ich bin ein einziger Sturz. Ständig zieht es mich nach unten. Schon phantasiere ich, wie im Kopf auf den Boden schlägt. Gut, dort den Einen zu wissen, der mich auffängt.

Manchmal denkt er am Abgrund entlang. Jetzt noch einen Satz, nur ein Wort mehr, und die Klugheit wird zum Irrsinn. So, als ob nach langer Anstrengung beim Wettlauf eine Sehne abzureißen droht. Man spürt es. Noch einen Schritt und es passiert. Wenn er vor dieser Linie steht, lacht er. Leise. Nur einmal. Dann macht er etwas Sinnvolles. Wie Knöpfe annähen. Oder den Müll hinaustragen.

Immer wieder denke ich dasselbe. Eine Bandschleife mit sehr langem Text. Ich streite mit jemandem, der nicht da ist. Mit jeder neuen Umrundung wird die Verletzung tiefer. Aus kleinen Schnitten in der Haut werden klaffende Wunden. Durchtrennte Venen spucken dunkles Blut in meinem Hirn herum. Wieviel Blut kann man haben? Ich ertrinke im Rot. Es endet nicht in Sprache. Das Band hält an. Der Schluss ist kein Geräusch. Und kein Ende. Es erscheint das nie Endende, das zwischendurch vergessen werden muss: das Wünschen danach, nicht zu sein.

Ich weiß genau, andere haben mich durchschaut. Aber ich tue weiter so, als könnte ich etwas verbergen. Das verschafft mir eine Atempause. Oft, wenn mir wirklich keine Luft mehr bleibt, wenn mich die Angst vor dem fallenden Vorhang bereits zittern macht, dann sagt jemand etwas über mich, was völlig falsch ist. Was für ein Segen, denke ich.

Gegengift: Glaube. Heilmittel: Liebe.

Was ich gestern gedacht habe, wollte ich aufschreiben. So wichtig erschien es mir. Heute habe ich es vergessen.

Scheitert man an dem, was man macht, weil man im Grunde etwas Anderes machen will, oder will man etwas Anderes machen, weil man an dem, was man macht, zu scheitern droht?

Was ist mit den Gedanken, Eindrücken, Ideen, die nicht notiert werden, weil sie einem im Augenblick unwichtig sind? Welchen Gedanken haben wir voreilig verworfen, welche Tat wegen ihrer vermeintlichen Nichtigkeit unterlassen? Oft schon war die Rettung ganz nah. Wir haben es nicht bemerkt.

Was ihn ärgert: Dass einer, der ihm übel mitspielt, so viel Macht über ihn hat. Dass der präsent ist, obwohl nicht im Raum, nicht mal in der Nähe. Anwesend durch das Gefühl, das er hinterließ. Einen Freund kann man übersehen, sogar vergessen. Einen Feind nie.

Ich fragte ihn, was sein Ziel sei. Er antwortete, er würde gern ein anständiger Mensch bleiben. Sofort denke ich, ich würde gern ein anständiger Mensch werden.

Er hat sich Statistiken kommen lassen. Um von allen gewöhnlichen, normalen Sachverhalten den Durchschnitt zu ermitteln. Wie viele Tomaten ein Mensch durchschnittlich isst oder wie oft er sich die Fingernägel schneidet, die Haare wäscht. Alle Durchschnitte, die es nur gibt, will er wissen. Um sich dann genau danach auszurichten, sich zu kleiden, zu essen und zu verreisen. Ganz genau Durchschnitt möchte er sein. Und das am besten auf allen Gebieten. Niemals mehr würde er besonders auffallen, auffallen höchstens in dem Umfang, den die Statistik vorschreibt für durchschnittliche Auffälligkeit. Also wäre auch seine Unauffälligkeit durchschnittlich. Er wäre nicht da, und er wäre auch nichtverschwunden. Er wäre einfach. Schluss. Unkenntliches Grau in grauer Umgebung. Vielleicht hätte er noch irgendwo eine Nummer. Oder einen Stempelabdruck. Neutral wäre er wie nichts sonst. Mit stimmloser Stimme würde er sich rufen. Um zu fragen, ob er noch da ist. Und in seinen Gehörgängen verhallten seine Rufe mittelhochtief zu nie endenden Antwortlosigkeiten.

Du fürchtest die Stille. Nachts, wenn auch die Hunde nicht mehr bellen, im Haus alles ohne Nachhall bleibt, wenn auch der Wind eingeschlafen ist, draußen, dann hörst du inmitten der Stille das Rauschen in den Ohren. Du denkst deinem Ende entgegen zu rauschen. Ohne Unterbrechung. Wenn du dieses Rauschen nicht mehr hörst, wirst du ein anderer sein. Aber du wirst sein.

Ich möchte sprechen. Alles sagen, was mir einfällt. Bis alles gesagt ist. Restlos. Es müsste jemanden geben, von dem ich weiß, er würde mich verstehen und mit jedem ausgesprochenen Satz noch neugieriger werden. Dieser Jemand müsste alles wissen wollen, und ich müsste die Gewissheit haben, ihm niemals zuhören zu müssen bei dessen eigener Geschichte.

Ein Misserfolg ist noch längst keine Niederlage. Die meisten Niederlagen sind keine, sondern nur Misserfolge. Mehr nicht. Man überlebt. Das hat seinen Wert.

Nach dem ich alles erzählt hätte, könnte ich nicht mehr zuhören. Nichts in mir wäre bereit, zuzuhören. Hören, ja vielleicht, vielleicht sogar noch hinhören. Aber zuhören? Nein. Niemals mehr. Wenn ich alles gesagt hätte, käme die Zeit des Lauschens. Nach innen könnte ich lauschen, nur noch nach innen. Wenn alles berichtet wäre, was zu berichten ist, könnte ich endlich Ich sagen. Und wüsste zum ersten Mal, wer damit gemeint ist.

Mein Körper ist schneller als mein Bewusstsein. Auch zuverlässiger. Zuhause sitze ich friedlich in der Sofaecke und denke herum, die Augen inmitten der Tulpen. Plötzlich stehe ich auf, suche etwas. Dann fällt mir mein Groll auf. Gestern hat mich jemand beleidigt. Das war's, was mir eben einfiel. Deshalb stand ich auf. Im Kopf erschien die Erinnerung an gestern viel später, als sie in den Beinen Wirkung tat. Die waren schon unterwegs, als ich noch ahnungslos den Tulpen in der Vase einen tiefen Atemzug schickte und dachte, er wäre Ausdruck meiner Bewunderung.

So kompetent sein, dass einem niemand mehr das Wasser reichen kann. Auf allen Gebieten. Wirklich allen. Das wäre der einzige, wirklich zuverlässige, der vollkommene Schutz. Ist Gott verletzbar? Leidet er?

Ich habe schon oft gehört, dass Leute, um ein Gefühl auszudrücken, Farben wählen. Oft wird die Farbe dunkelgrün gewählt. Dunkelgrün scheint im pessimistischen Umfeld salonfähig geblieben zu sein. Wehe, es redete jemand von Gold. Der wäre gleich unten durch. Silber geht wieder. Wegen des Mondlichtes. Auch das hat etwas Hoffnungsloses.

Er wollte jemanden verletzen. Das war sein Ziel. Er wollte ihn treffen und ihm Schmerzen bereiten. Wie ein Racheengel überquerte er schnellen Schrittes den Platz, sein Opfer zu erreichen. Er fühlte keinen Hass. Rechtschaffenheit, das war es, was ihn antrieb. Er war im Recht wie nie zuvor in seinem Leben. Als er sein Opfer erreicht hatte, war die Rechtschaffenheit außer Atem. Der Platz war zu groß.

Nützlich sein wie ein Haufen Eisen, wie jedes Einzelteil. Geformt für etwas. Und hart. Vielleicht wie ein Schutzblech, eine Mutter, eine Sense, eine Schiene. Oder, wie eine Sprungfeder. Und irgendwann daherkommen wie weggeworfen, unbrauchbar, schrottig. Fortwährend dem Oxydationsprozess Zusehen, alt und schön werden. Sich farblich angleichen, ja, aber die Form wahren. Die ist es wert. Woran sonst wäre man zu unterscheiden?

Er konnte sich die Konsequenzen eines bei Meinungsverschiedenheiten spontan in Erscheinung tretenden selbstherrlichen Verhaltens nie genau vorstellen, bis er endlich auf einen traf, dessen Fühllosigkeit zur kompromisslosen, mit Jähzorn verflochtenen Erniedrigung anderer führte, und seit er durch dieses

Aufeinandertreffen erfuhr, was es bedeutet, wenn Respekt und Gefühl vor der Würde des Nächsten durch Selbstherrlichkeit keinen Raum mehr finden, weiß er um die Grenze seiner eigenen Toleranz, die dort zu finden ist, wo er angesichts einer solchen Schamlosigkeit den Respekt vor sich selbst verlöre, falls er sich nicht augenblicklich abwendete – auch deshalb, weil er befürchten muss, von einem, der sich so benimmt, dann doch nicht sehr verschieden zu sein.

Auf einem dünnen Zweig sitzen und so tun, als wiege man fast nichts, als wäre man ein Vogel, der sich aufplustert, Luft zwischen die Federn zu lassen, um noch leichter zu sein, dabei eine Melodie zu singen, deren einzelne Töne aus dem flüsternden Rascheln langsam zerreißenden Seidenpapiers zusammengesetzt sind wie die unhörbare Melodie einer aus tausend Scherben bestehenden, von Meisterhand restaurierten Figur aus Ton, die auch nach Jahrhunderten noch nicht weiß, ob sie ins Museum gehört oder zum Trödler, und die daran keinen einzigen Gedanken verliert.

Wände und Fenster sind mit dünnem, weißem Baumwollstoff verhängt. Er kann hindurchsehen nach außen, aber niemand kann hereinschauen. Jedenfalls tagsüber nicht. Erst nachdem die Dunkelheit angebrochen ist, im Raum das Licht brennt, kann man von draußen leicht Konturen erkennen. Die Tarnung ist perfekt. Manchmal denkt selbst er, mitten im Raum stehend, nur als Schattenriss anwesend zu sein.

Er möchte Gedichte schreiben, besonders über den Herbst. Eigentlich über den Herbstnebel in Norddeutschland. Ganz genau genommen zum Herbstnebel in Norddeutschland über dem Wattenmeer bei der Hallig Hooge – eben vor Sonnenaufgang. Er würde mit dem Rücken zur Warft sitzen, mit Blick auf den Bootssteg, und warten, bis die Sonne aufgeht, bevor die Flut kommt. Er käme sehr früh, um nichts zu verpassen. Eilig würde er sich seinen Platz gesucht haben und lange nicht zufrieden gewesen sein mit der ausgewählten Stelle. Die Bachstelzen und Strandläufer würden ihn bei seiner Suche nach dem ausschließlich für ihn geeigneten, herbstnebelsonnenaufgangswürdigen Platz beobachtet haben, und er würde ihre Stimmen gehört und sie nicht gesehen haben, so intensiv würde er immer wieder seinen Blick vom ausgewählten Beobachtungsplatz Richtung Sonnenaufgang geworfen haben. Und dann endlich, nachdem er es sich langsam bequem gemacht, seinen Notizblock bereitgelegt und erwartungsvoll den Blick auf den heller werdenden Horizont gelenkt hätte, dann wäre Stille. Er würde sitzen und schauen. Mehr nicht. Die frische, feuchte Morgenkühle würde, zeitgleich mit der auflaufenden Flut, seinen Rücken hinaufkriechen, während sich Gesicht und Hände langsam erwärmten. Und er wüsste, es wäre ihm unmöglich, Verse zu schreiben. Nur Dichter können das. Und die sind selten. So selten wie ein fremder Mann im Herbstnebel bei Sonnenaufgang auf Hallig Hooge.

Tagebucheintrag: „Heiligabend, bitter, leer, enttäuschend, Kirche in Pöseldorf: eine Farce. Der Pastor redet weltlich. Zu Jesus fällt ihm nichts ein. Fühle mich aus der Welt ausgestoßen. Gehöre zu nichts und niemandem. Nehme mein Leben als Schublade in Handschuhfachgröße wahr. Hamburg als Mittagspauseneinnicktraum. Immer dieselben Wege. Sehe mich fast von der anderen Seite aus: Wie man sein Leben plant vor der Inkarnation? Diesmal um WAS genau zu lernen? Bin ich vorangekommen? Nicht mal das lässt sich beantworten. Der Zweifler, der paranoide Wahnweltenbaumeister ist geblieben – und hat alles Gute zum Einsturz gebracht.

Ich habe ein warmes Gefühl für meine längst verstorbene Mutter, die uns Kinder oft und lange pflegen musste, wenn wir krank waren. Sie tat das allein, weil sie keinen Mann an ihrer Seite hatte. Ich habe keine Frau Partnerin an meiner Seite. Heute bewundere ich die kleine, oft hilflose Frau und bin ihr dankbar, meiner Mutter, dankbar für ihre Liebe und für Gottes Weisheit, die den Ausgleich schafft, das, was wir Sühne nennen.

Seit zwölf Tagen pflege ich mein krankes Kind. Pfeiffersches Drüsenfieber, die Extrem-Variante. Hohes Fieber. Überall Schmerzen. Sie kann kaum noch laufen, bewegt sich zwischen weder wach sein noch nicht schlafen hin und her. Sie isst nichts und trinkt nur nach geduldigem Zureden. Eine Virusinfektion, wogegen ich und niemand etwas machen kann. Ich war kaum draußen während der beiden Wochen, ständig bin ich um meine Tochter herum, füttere sie mit Medikamenten, die anfangs nicht anschlagen. Nachts sitze ich auf beim kleinsten Geräusch aus ihrem Zimmer, habe wilde Phantasien, sie könne ersticken, weil der Hals fast zugeschwollen ist. Sie röchelt wie ein alter Mensch röcheln kann, wenn er stirbt. Sie leidet still, klagt nie. Seit gestern bekommt sie Homöopathie. Jetzt wird es endlich besser. Alle meine Wünsche sind verschwunden, bis auf den einen, mein Kind gesund zu sehen. Ich erlebe nichts, auch, weil ich nicht hinausgehe. Es fehlt mir an nichts. Ich bin da, nur für sie. Der Rücken schmerzt vom ‚sie tragen'; es ist nicht mein Rücken, nicht mein Schmerz. Geld verdienen geht nicht, weil ich nicht hinauskann. Ich reiche das Thema an den Sternenschöpfer weiter."

Tagebucheintrag: Die wunderbare Musik Richard Wagners schmerzt, die Literatur, die ich liebe, die schönen Frauen – auch die, die ich nur von der Kinoleinwand kenne, alles riecht nach Abschied, nach Ende.

Ostermontag mit Cheyenne und Mundharmonika, Tagebucheintrag: Mir kommt die Idee, dass die einzige Antwort auf die Angst und die Müdigkeit und die Lustlosigkeit und den Beginn des Altwerdens ein kompletter Neubeginn wäre. Wie geht so etwas? Das beim Aufräumen gefundene Material zu lesen bekommt mir nicht. Millionen zum Teil sehr alte Erinnerungen. Ich fühle mich, als wäre ich dabei zu sterben – und ordnete noch schnell meinen Nachlass. Angst. Nicht vor dem Tod, sondern davor, vorher nichts mehr in Ordnung bringen zu können. Und doch auch keine Lust mehr, zu leben – wirklich zu leben. Bin viel allein, verliere den Kontakt zu meinem Kind, das über Ostern nicht da ist. Freunde (welche?) verreist, weggezogen. Zunehmende Angst vor Altersarmut. Suche im Netz nach Wohnungen am Meer (vermisse immerhin noch das Meer), die bezahlbar wären. Es gibt welche. Wenige, aber es gibt welche. Auffällig: die Angst davor, allein nicht mehr klar zu kommen, wenn das Alter zuschlägt, macht sich auf die Suche (phantasiert) nach noch mehr Alleinsein als paradoxe Lösung? Vielleicht steckt dahinter die Scham, nicht als Hilfloser oder Schwacher beobachtet zu werden. Am Ende von ‚Spiel mir das Lied vom Tod‘ sagt der liebenswerte Revolverheld Cheyenne (tödlich verletzt von einer Revolverkugel am Boden kauernd) zu Revolverracheengel Mundharmonika: „Dreh dich um, ich will nicht, dass du zusiehst, wie ich krepiere." Mundharmonika respektiert den Wunsch. Der Kinozuschauer bekommt den sterbenden Helden dann auch nicht zu sehen. Er hört nur ein Geräusch, als ob ein schwerer Sandsack zu Boden fällt. Den gerade erschossenen Cheyenne, sieht der Zuschauer erst nach dem nächsten Schnitt – der Held liegt verdreht und würdelos im Sand. ‚Spiel mir das Lied vom Tod‘ hat, als der Film 1968 anlief, viele Zuschauer beeindruckt. In einem Film zwei Familiendramen, die nur aussehen wie ein Italo-Western. Bleibt die Frage, warum mir diese Szene eine halbe Ewigkeit später und obendrein noch an einem Ostermontag in den Kopf springt. Aber was ist schon Zeit?

Heutzutage dauert das Ende einer großen Liebe (die dann zu einer unglückliche Liebe wird) ein paar Tage, vielleicht einige Wochen oder wenige Monate. Im achtzehnten, neunzehnten und bis Anfang des zwanzigsten Jahrhunderts hat man für so etwas Jahrzehnte bzw. ein ganzes Leben benötigt. Der Erste Weltkrieg hat diesem Spiel ein scheußliches Ende gesetzt. Aber wäre das früher, in der alten Zeit anders gewesen, dann wäre die europäische Kunst zwischen Mozart und Wagner und zwischen Heinrich v. Kleist und Thomas Mann niemals zu einer solchen Blüte erlangt.

II. Die Innenwelt der Außenwelt der Innenwelt

Zum Foto-Portrait einer Bildhauerin. Ihr Blick ist ausgerichtet, als hätte Tizian das Bild komponiert. Von oben – vielleicht von einer Treppe – scheint Unheil auszugehen. Die Frau hat das Ziel spät wahrgenommen, sich diesem offensichtlich mit einer abrupten Bewegung zugewandt, wie das wehende Haar dem Betrachter mitteilt. Der Blick scheint mehr entschlossen als ängstlich – der Mund: sehr rot geschminkt, ein greller Lippenstift, der das schwarze Kleid und die langen schwarzen Handschuhe intensiv kontrastiert, so dass die dominieren – den Farben Schwarz und Rot dem gesamten Bild eine prickelnde Erotik geben. Komposition und Spannung der Körpersprache: Die linke Hand flach, gestreckt, unten halb hinter dem Körper, oben rechts diagonal eine Waffe in der rechten Hand, eine dynamische Achse, die auf das Unheil zielt – und die eine zweite Geschichte erzählt, nämlich die von Furcht. Allein das elegant-erotische Outfit suggeriert dem Betrachter den unsichtbaren Mann, keine Frau. Der Revolver wirkt vergoldet – die Besitzerin ist also von königlichem Blut. Bei genauem Hinsehen erkennt man an der Mündung des Laufs ein rotes Etwas – einen Verschluss vielleicht; also handelt es sich um eine Spielzeugpistole, eine dysfunktionale Waffe, die keinen unsichtbaren Mann bedroht, sondern etwas, was nicht da ist, so wenig wie die Treppe – und das Unheil? Das Ganze ein inszeniertes Drama mit adeligem Gesicht – und völlig ohne ernsten Hintergrund? Ein Spiegel, der nur eine Hand mit einer Waffe abbildet, sonst nichts; ein zweiter Revolver, eine Verdopplung der Abwehr?

Was genau wird psychologisch so vehement abgewehrt? Die attraktive Frau mit dem schönen Dekolleté und von dunkelbraunem Haar umrahmten Gesicht wirkt wie ein Fabelwesen, das jeden Mann anziehen, faszinieren, verzaubern und in ihren Bann ziehen kann: Dornröschen wartet auf den Prinzen – den sie jedoch ermordet, noch bevor sie von ihm geküsst wird. So gerinnt die nicht reale Bedrohung und fingierte Inszenierung zur artifiziellen Wirklichkeit. Da ist es wieder, das „noli me tangere", das wie ein roter Faden die Figuren der Künstlerin in deren künstlerischem Schaffen durchdringt, und welches in den Medien und Werk-Katalogen der Bildhauerin und besonders von ihren Laudatoren mehrfach beschrieben und als das immanente Leitmotiv immer wieder bewundert wir. Manch ein Prinz hat sich an der Undurchdringbarkeit von Dornröschens Hecke die Arme blutig verkämpft.

Die Nacht ist hellwach, voller Leben und Bilder wie von Yves Tanguy, obwohl ich schlief und sah wie ich träumte. Nein, es träumte. Ein Traum ohne den Träumenden. Das Unbewusste als Einzeldasein, ganz ohne Kapitän hinter dem Steuerrad. Ein leeres Führerhaus. In dieser Zeit mache ich oft die sehr befreiende Erfahrung, selbst vollkommen unwichtig zu sein.

Zu den entscheidenden Erkenntnissen in dieser Lebensphase gehört die so gar nicht leicht erkennbare Einsicht, nach der das Gegenteil von Liebe nicht Hass ist, sondern Angst.

Uta. Sie bleibt in dieser Nacht so sehr in mir, dass nichts Fremdes mehr an ihr ist. Jede ihrer Zellen bin ich. Die Wucht ihrer Seele schwimmt scheinbar über Stunden in meinem Körper und in meinem Geist herum. Was für eine wunderbare Frau voller Leben, Liebe, Sinnlichkeit. Wir lernten uns vor 20 Jahren kennen. Das Internet sagt über Uta, sie sei heute Mitte vierzig und liiert. Wie bei meiner großen, inzwischen virtuellen Geliebten, die so unnahbar blieb wie ich selbst, der diese Unnahbarkeit abzustreifen sich abmüht seit dem ersten Atemzug in diesem Körper – vielleicht länger. Manchmal denke ich an meine Zeit in Tibet, der dicke rote Mantel der Mönche, der nicht ausreichend schützt vor der Kälte im Winter. Und die Sehnsucht nach der einen großen fraulichen Seele, die schon damals nie kam, im 13. oder 14. Jahrhundert im Himalaja, mit der Entscheidung für ein Leben ohne Frauen. Dann zweihundert oder dreihundert Jahre später, am Ende der Inquisition ein Leben als Abt, dieselbe Kälte außen, im Inneren ein glühendes Herz voller Sehnsucht nach der unvergleichbaren Weichheit des Femininen, eine Sehnsucht, die auch die Liebe zu Gott nicht überdecken kann. Wohin mit dieser Liebe? Uta kommt nach dem langen Abschied von einer Anderen, der eben erst geschafft ist. Als hätte sie auf der Lauer gelegen wie ein wildes Tier, das auf seine Chance wartet, lange verborgen in der anonymen Dunkelheit des Netzes, und es war einer der Zufälle, die nur so heißen, denn es gibt sie nicht, dass mir vor einigen Tagen Utas Bild ins Wohnzimmer hineinschwappte, mit all dem berstenden, lustvoll brüllenden Leben, das durch nichts so sehr wie von der Schönheit einer Frau versprochen und oft auch schnell wieder verraten wird. Da war sie nun – und doch auch nicht. Als ich ihr Foto sehe – also eben zufällig – erkenne ich sie sofort wieder. Aus meiner ehemaligen hochtalentierten ,fast noch judendlichen' Mitarbeiterin – so stand es als Selbstbeschreibung in ihren Bewerbungsunterlagen – ist eine Frau geworden, selbstständig, mehrfach preisgekrönt (sie hat es verdient, da bin ich mir sicher), und nun haben wir wieder Berührung. Oder jedenfalls habe ich ihr Bild am Morgen danach im Internet gesehen. Sie ist – was für eine schreiende Gemeinheit – noch schöner geworden, als sie es vor einem Vierteljahrhundert war. Als der Morgen mit Abschied droht atme ich Sehnsucht ihr hinterher wie ein Sturm, der sich erst langsam legen will – mit dem fahlen Licht der zart anbrechenden Morgendämmerung. Die mit dem Aufwachen aus dem Schlaf einsetzende Erkenntnis, nur geträumt zu haben, schmerzt wie ein Rippenbruch.

Ein anderer Traum: Ich habe mich verliebt. Ein unerhört schönes intensives Gefühl voller Lebendigkeit und Wonne. Das Ich erinnert sich nicht, wann es das letzte Mal ein vergleichbares Gefühl hatte. Seitdem ist zu viel Zeit vergangen. Das Innerste, dort wo keine Zeit exisiert, weiß es noch.

Aus dem Tagebuch, Okt. 2016: Lao Tse hätte vielleicht geschrieben: „Der Erwachte ist voller Mitgefühl, aber er leidet nicht. Er denkt nicht, was zu tun ist, sondern er handelt. Er hilft durch Präsenz, nicht durch Aktion. Er verschwindet in der Aufgabe – und ist doch selbst bedeutungslos." Das wäre es doch!

Wir alle brauchen jemanden, dem es wichtig ist, dass wir heil nach Hause kommen. Und sei es auch nur der vor dem Fressnapf wartende Kater.

„Die Chemie zwischen uns stimmt nicht", sagte sie zu ihm. Atheistischer kann man sich kaum ausdrücken. Die Idee, wonach der Geist mit einem Chemiebaukasten verwechselt werden könne, ist vergleichbar mit der Annahme, ein Radio würde Musik erzeugen. Oder den Wetterbericht.

Das wird wohl immer der Ausgangspunkt vieler Auseinandersetzungen bleiben: diejenigen, die von sich sagen oder über die gesagt wird, sie hätten Gott erfahren, und die anderen, die ihn nur denken, oder denken, es gäbe ihn nicht.

Zuerst muss ich meinen Körper in Ordnung bringen. Dann brauche ich einen Coach. Dann neue Ideen, was ich noch machen könnte in diesem Leben. Man nennt solche Assoziationsketten neuerdings Optimierungswahn.

Ich bin neugierig zu wissen, wie es der Ehemaligen geht. Ich möchte ihr sagen, wie gut es mir geht (ohne sie?). Aber nein, ich möchte sie doch nicht sehen. Ich will nur am Rande wissen, wie es ihr geht. Oder vielleicht doch nicht. Mein Gefühl hat das alles immer gewusst. Aber ich, ich wusste es nicht. Immer bedeutet auch, von Anfang an, was wiederum bedeutet, noch bevor es begann, mit ihr und mir.

Tagebucheintrag: Die Lust an meiner Arbeit verdampft zusehends. Gut zwanzig Jahre in diesem Beruf. Davor zwanzig Jahre in einem anderen Beruf. Müde. Sehnsucht nach Nichtstun. Zeit rutscht zusammen. Das Vergangene kommt immer näher. Was wird geschehen, wenn es die Gegenwart einholt und die Zukunft assimiliert? Sterbe ich dann?

Ein anderes Andererseits: Verhaltensbeschreibung eines Kollegen: Mickerige und kleingeistige Schwarzmalerei, die aus dem Guten das Schlechte erpopelt, ein Ködelpicken, das keine Sonne hinter den Wolken zu sehen vermag.

Ich glaube, Seele ist Identität, das, was du bist als reines, leeres Bewusstsein von sich selbst, also etwas Paradoxes, was sich nicht denken lässt, aber was beobachtbar und mithin real ist, keine spekulative Abstraktion, denn selbstwahrnehmbar, erschaffen (von Gott als Teil von ihm), also mit einem Anfang, aber ohne Ende. Und eben jener Teil, der sich vor jeder

Inkarnation einen neuen Körper sucht, selbst aber unsterblich ist – und ausgestattet mit der Fähigkeit, Gott zu schauen.

Der naheliegende Gedanke ist nicht selten die flachste Hürde vor der nächsten Fallgrube.

„Wir kommen in das Alter, in dem einem das Leben weniger schenkt als wegzunehmen.   –
Prof. Marcus Brody. In: Indiana Jones

Ein weiser Mann kann mehr aus einer dummen Frage lernen als ein Narr aus einer klugen Antwort.
Raymond Reddington, The Blacklist

Redet so, dass eure Worte euch nicht gegeneinander aufbringen.
Paulus, Religionsgründer, Briefschreiber

Hüte dich vor deinen Wünschen; sie könnten in Erfüllung gehen.
Johann Wolfgang von Goethe, Dichterfürst

Nicht weil's schwer ist, wagen wir's nicht, sondern weil wir's nicht wagen, ist es schwer.
Seneca

„Eines Tages werden wir sterben. Aber an allen anderen Tagen leben wir."
Charles M. Schulz: The Peanuts

So wird es wohl sein: An einem Tage sterben wir, um an allen anderen Tagen – davor und danach – zu leben.

Erneut erlebe ich wie mein Interesse an der Welt schwindet. Ich würde am liebsten nur noch lesen, studieren (Religion), fernsehen. Wenig reden, wenig arbeiten. Eine Alterserscheinung?

Das Ego kann nicht mehr als Luftschlösser auf Treibsand setzen. Es ist eine Killermaschine, die nicht lieben kann – wie täglich und weltweit zu beobachten ist.

Gestern saß eine Zeitlang ohne Schutz und Schirm im Regen. Wie schön der ist, der Regen! Es ist jetzt alles so frisch, so alterslos, so anders. Und dann diese grenzenlose innere Stille, ein Raum, weit größer als das Universum, der Liebe und Geborgenheit ist, so zart und doch so kraftvoll wie nichts sonst – mitten im prasselnden Regen.

Die Innenwelt der Außenwelt der Innenwelt. Die Innenwelt der Außenwelt der Innenwelt ist vielleicht mit der Erfahrung eines Traumes im Traum zu vergleichen – mit dem Unterschied, dass sich der Träumer über den Traum im Traum nur in sehr seltenen Fällen bewusst ist, während er träumt. „Sind Träume denn real?", ließe sich fragen. Gegenfrage: „Was ist der Unterschied zwischen einem Traum und dem Traum im Traum und der so genannten Realität?"

Wenn man sich die Innenwelt der Außenwelt der Innenwelt wie durch die Vorstellung von einer Zwiebel, die immer mehr gehäutet wird, annähern will, wird man scheitern. Da ist nicht nur kein Ende, also trifft man eben nicht bei jeder Häutung auf mehr Substanz. Denn so ist sie nicht, die Seele. Im Innersten des Inneren existiert weder Hierarchie noch logische Systematik – und doch lassen sich Zusammenhänge aufdecken, die einer unvernünftigen Kausalität zu folgen scheinen. Die Psychologie weiß das seit über hundert Jahren.

Aber die reale Variante von Drama, Tragödie und Komödie hat keinen logisch denkenden, inneren Autor. Die Funktion des inneren Autors ist nicht die Verhinderung von Drama, Tragödie oder Komödie, sondern deren Erzeugung – womöglich auch aus Angst vor Langeweile.

Eine lange Weile ist ein Abschnitt zwischen mindestens zwei markierten Zeitpunkten – also einem Zeitabschnitt – der von Daten bestimmt werden und vollkommen frei von Gefühlen und weiteren Geschehnissen sein kann, ohne dass er, der Abschnitt, seine Bezeichnung verlieren kann oder muss. Langeweile ist ein Missbrauch dieses Abschnitts, indem er durch Erwartungen befüllt wird, bei deren Nichteintreffen negative Gefühle aufkommen, deren Anliegen darin besteht sich ihrer schnellstmöglich wieder zu entledigen. Das ist insofern bedauerlich, als das die wirkliche Erfahrung einer langen Weile, in der sich kein einziges Gefühl und kein einziger Gedanke regt – also mithin die Erfahrung der vollkommenen Leere – jede Art von Langeweile für immer zum Erlöschen bringt. Die Innenwelt der Außenwelt der Innenwelt ist vollkommen still.

Es gibt eine äußere und eine innere Stille. Die äußere Stille ist in der Welt der sichtbaren und unsichtbaren
Materie. Die innere Stille zeigt sich, wenn alles Denken
aufgehört hat. Hinter dem Unterbewusstsein liegt der
ortlose Ort dessen, wo alles beginnt und wo es endet –
um dann erneut zu beginnen.

Handlauf für das Leben
(Ersatz einer Bedienungsanleitung)

1. Es gibt eine äußere und eine innere Stille. Die
äußere Stille ist in der Welt der sichtbaren und unsichtbaren Materie. Die innere Stille zeigt sich, wenn alles
Denken aufgehört hat. Manche nennen sie Gott, die
Stille, das Andere (Jiddu Krishnamurti), das Sein, die
Transzendenz. Diese Transzendenz ist keine Erfindung
philosophischer Träumer. Sie is erfahrbar und daher
real. Und sie erweist sich als die einzige Realität, weil sie
nicht vom Denken konstruiert werden kann.

Die Erfahrung dieser inneren Stille ist überwältigend, mit nichts vergleichbar und vielleicht auch mit
Begriffen wie Liebe und Frieden nur unzulänglich
beschreibbar. Wenn sie dauerhaft bleibt ist es im
buddhistischen oder hinduistischen Asien Tradition,
von Erleuchtung zu sprechen.

Die äußere Stille kann dazu beitragen, die innere
Stille zu erfahren. Die Erfahrung der äußeren Stille ist
beruhigend und nährt das Gemüt. Die Erfahrung der
inneren Stille ist überwältigend, frei von jedem Zweifel
und ohne jede Art von Ichhaftigkeit.

2. Nicht wahr ist, dass die Hoffnung zuletzt stirbt, obwohl das gern erzählt und oft wiederholt wird. Was zuletzt stirbt ist die Angst. Wer hinabsteigt in die eigene Seele wird am Fuße der Leiter der letzten Angst begegnen. Das Annehmen dieser Angst öffnet die Tür der Stille, der Liebe und des Friedens.

3. Beginne den Tag mit Meditation oder mit einem Gebet. Es ist heutzutage viel wichtiger, inne zu halten, als die nächste Aktion zu planen.

4. Liebe ist etwas sehr Einfaches. Sie ist kein Gefühl, sondern ein Zustand, eine Haltung. Liebe bedeutet „für den Anderen". Liebe will nie etwas für sich selbst. Ihre Auswirkungen sind Geduld, Güte, Bescheidenheit, Mitgefühl, Frieden und Vergebung.

5. Erfolg hat nichts mit Geld oder Karriere zu tun, sondern damit, ein Ziel zu erreichen.

6. Ob dein Ziel wirklich gut ist erkennst du daran, dass das Erreichen dieses Ziels dazu beiträgt, mindestens einem anderen außer dir selbst von Nutzen zu sein – und dass es ansonsten niemandem bewusst und gezielt schadet.

7. Was du dir ausdenkst mag eine brillante Idee sein – ein großartiges Konzept. Der nächste Schritt ist die Entscheidung, das Ganze umzusetzen. Falls du die Handlungsebene nicht erreichst (also das Tun) hat das Ganze überhaupt keinen Wert.

8. Stelle sicher, genügend Schlaf zu bekommen. Esse weniger, als du Hunger hast. Trinke regelmäßig warmes Wasser.

9. Wisse, dass der Ball schneller fliegt, als man rennen kann.

10. Verausgabe dich nicht zu sehr. Du musst immer noch genügend Kraft haben, dich zu erholen. Anderenfalls sind Krankheit und Verletzung – auch seelischer Art – die Folgen.

11. Sei fleißig, halte dich beim Konsum zurück und produziere täglich etwas Sinnvolles. Mit sinnvoll sind keine Gummibärchen gemeint. Es kann aber sehr sinnvoll sein, nichts zu tun. Gar nichts, auch nicht zu denken.

12. Sei freundlich zu den Menschen – auch dann, wenn sie zu dir unfreundlich sind.

13. Finde heraus, was du bist und wer du bist. Aber erinnere dich danach der Anderen.

14. Setze dich für etwas ein, was größer ist als du selbst – und dafür, die Welt besser zu hinterlassen, als du sie vorgefunden hast.

15. Akzeptiere die Unwägbarkeiten, Misserfolge und Niederlagen und wisse, dass Bewusstsein nur durch Herausforderungen wächst. Wer im Glashaus sitzt wird oft mit Steinen beworfen – und das ist gut so.

16. Nimm die Herausforderungen an und wachse an den Aufgaben. Viele sagen, Hinfallen sei erlaubt – Liegenbleiben nicht. Das ist wahr.

17. Es sind nicht die Entscheidungen, die dich ausmachen, sondern deine Taten und oder auch die Unterlassungen. Dazu gehört auch, dass manche Ideen das Licht der Welt besser nicht erblicken.

18. Wenn du es irgendwann kannst, höre damit auf, Tiere zu essen.

19. Wer über seinen Schatten springt, landet im Licht.

Jetzt folgt, was dir zu dir selbst einfällt. Die Nummer zwanzig dieser Liste fehlt, damit niemand auf die Idee kommt, Moral, Ethik, Weisheit oder Erfahrung könne durch Messbarkeiten begründet werden. Vielleicht waren die Zehn Gebote ursprünglich neun. Oder elf.

Oder 42. Danke, Douglas Adams.

Zeitfracht Medien GmbH
Ferdinand-Jühlke-Straße 7
99095 Erfurt, Deutschland
produktsicherheit@kolibri360.de